[日]白野猫咪 著

纪鑫 译

我是寻找夏目的猫

青岛出版集团 | 青岛出版社

图书在版编目（CIP）数据

我是寻找夏目的猫 /（日）白野猫咪著；纪鑫译 . —青岛：青岛出版社，2023.1
ISBN 978-7-5736-0566-5

Ⅰ. ①我… Ⅱ. ①白… ②纪… Ⅲ. ①长篇小说 – 日本 – 现代 Ⅳ. ① I313.45

中国版本图书馆 CIP 数据核字 (2022) 第 208235 号

Ore,Nekodakedo Natsume San wo Sagashiteimasu
By Koneko Shirono
Copyright © 2019 Koneko Shirono
Original Japanese edition published by Takarajimasha, Inc.
Simplified Chinese translation rights arranged with Takarajimasha, Inc.
Through Hanhe International (HK) Co., Ltd. China
Simplified Chinese translation rights © 2023 Qingdao Publishing House Co., Ltd.

山东省版权局著作权合同登记号　图字：15-2022-166 号

	WO SHI XUNZHAO XIAMU DE MAO
书　　　名	我是寻找夏目的猫
著　　　者	［日］白野喵咪
译　　　者	纪　鑫
出版发行	青岛出版社
社　　　址	青岛市崂山区海尔路 182 号（266061）
本社网址	http://www.qdpub.com
邮购电话	0532-68068091
策　　　划	杨成舜
责任编辑	刘　迅
特约编辑	左美辰　杨　萌
封面设计	陈绮清
照　　　排	青岛新华出版照排有限公司
印　　　刷	青岛双星华信印刷有限公司
出版日期	2023 年 1 月第 1 版　2023 年 1 月第 1 次印刷
开　　　本	32 开（880mm×1230mm）
印　　　张	7.25
字　　　数	135 千字
印　　　数	1—8000
书　　　号	ISBN 978-7-5736-0566-5
定　　　价	45.00 元

编校印装质量、盗版监督服务电话：4006532017　0532-68068050
本书建议陈列类别：外国文学　推理　畅销

俺、猫だけど夏目さんを探しています

目　录

我是寻找夏目的猫 / 1

我是猫, 却有一对人类弟妹 / 65

我是猫, 我可没打算封神 / 138

我是寻找夏目的猫

1. 我的供餐员没来

我是一只猫,以前曾有过名字,可惜忘了,现在是个无名氏。五年前,我来到这座城市居住。

来到这里之前,我被人类收养过一次,如今我已习惯了无拘无束的流浪生活。除了偶尔在猫聚会上露一面,我平常总是独来独往,无所事事,自由自在。最近见到猫就不顾一切地冲过来喂猫的爱猫之人增加了不少,所以我的日子过得一点儿也不闷。

有时候,我也会遇到不怀好意的人,我需要仔细观察,把他们识别出来。流浪猫必须远离危险分子,做不到这一点,便只有死路一条。对流浪猫来说,将自己置于险境并非明智之举,每天都能坦然地享受自在的流浪生活才是真正的赢家。

我把自己睡觉的床安置在一个小公园的花坛里。这个小公园不过是一个狭长的街心休闲区罢了。

据以前住在这里的一位猫前辈说,这里原先是一段铁路的轨道，后来铁路的轨道被拆除了，改建成了现在的小公园。这里靠近车站，常有人经过，地理位置得天独厚，我在这里很容易找到食物，这个小公园是个相当不错的安身之处。正因为这样，这里也成为流浪猫们经常争夺的地盘之一。身经百战的我，凭借自己的战斗力，击退了许多想要霸占这里的流浪猫，现在这里已经成了我的地盘。

这里比较适合流浪猫居住，只是有一点让我不太满意，这里的地下不时会传来轰隆隆的响声。猫前辈说，这八成是铁路的轨道被拆除后，没了去处的铁路"幽灵"在作怪。

虽说是"幽灵"，却把白天搞得比夜晚还吵，实在莫名其妙。我并不相信世界上有"幽灵"，便装作听不见，任由它吵闹。

粉红色的花瓣纷纷落下，今年的樱花也开得相当漂亮，附近盛开的樱花花瓣有时会随风飘来。漫天飞舞的樱花花瓣很美，却不好吃。

要是天上能下猫粮雨就好了，如果真有那种奇迹发生的话，我可以天天跳猫舞来感谢上苍。

可惜，天上不会掉下美食来。我抬头仰望，无垠的碧空没有一丝云彩。最近天气一直挺冷，今天还算暖和，很适合晒太阳。

不过，就这么把时间用来午睡可不成，我还有些事要忙。

我想找个人。

与无名无姓的我不同，我要找的可是个有名有姓的人。她叫夏目，我一般称她为夏目小姐。她是一个年轻的姑娘，是一个经常带美食来给我吃的大美女。我很少称呼人类"某先生""某小姐",但这个姑娘另当别论。

她经常来给我送吃的,已经成为我的供餐员了,冲着她这份耐心,我对她的称呼由"给我东西吃的人"变成了"夏目"。为了纪念我安全越冬、迎来新春,我又将她的称呼从"夏目"升级为"夏目小姐"。

为表敬意,我也会让她摸摸我,当然,她必须要给我带好吃的。

可是,这位夏目小姐最近一直没露面。

她最后一次来是在一周前。

那次她带来的食物特别好吃,食物的品质跟往常不是一个档次。她看着我狼吞虎咽地吃东西,刚开始还笑嘻嘻的,不知怎的,过了一会儿就哭了起来。

我怀疑她后悔买了这么昂贵的猫粮给我吃,也可能她是因为囊中空空而伤心,但我仔细观察了一会儿,又否定了自己的这种想法。

那天之后,又过了一个星期,她还是没来我这儿。因为还有别的爱猫人士来供养我,就算夏目小姐不来喂我,我也不至于饿死。

虽然此前她也有两三天不来的时候,但一星期不露面的情况却从来没有过。也许她不想再做我的供餐员了,但连招呼都不打就消失,未免也太薄情了!

于是，我决定去寻找夏目小姐。

如果她真的有不能来的理由，我倒也能够原谅她，但假如她只是因为偷懒而把给我喂食的事抛诸脑后，忘了供餐员的任务，那我可就要兴师问罪了！

话又说回来，尽管我气势汹汹地扬言要去找她问清楚，可仔细想想，我既不清楚夏目小姐家住何方，又不知道她经常去哪些地方，想找她也无从找起。

好在此前，我曾在城里见过夏目小姐几次，我敢肯定她一定是住在这座城市里。

我打定主意，打算从以前遇到过夏目小姐的地方找起。

2. 我是只别扭的猫

我第一次见到夏目小姐是在一年前，我们相遇在盛开的樱花树下。

那天，路上挤满来赏夜樱的人，好多人看起来都是醉醺醺的，酒足饭饱后，人往往变得很大方。

我只要围着他们转，就会有人扔过来许多好吃的食物，对流浪猫来说，那种人类聚会的场所，绝对是个填饱肚子的绝佳去处。

风儿不时拂过，花瓣纷纷飘落。我正顺着食物诱人的香味在樱花树下大步前行,突然感觉背后好像有人在看我,我马上回过头来。

一个姑娘见我发现她在看我,慌忙移开了视线。

很明显,这个姑娘刚才一直在盯着我看,现在却做出没有注意到我的表情。

我觉得她有些面熟,可我记性不太好,想不起在哪里见过她。没有喂过我的人,我很快就会忘掉。就连把我养大的前主人的样子,我也不记得了。

我的脑海中搜索不到清晰的记忆。我想,我大概跟这姑娘没什么特殊关系,顶多就是在街上有过一面之缘吧。

这姑娘好像在跟公司的同事一起赏樱,她在我看她时避开了我的视线。我也装作没看见她,其实却在暗中观察她。

既然人们总是未经许可就随意观察我,那我观察人们也就理所当然了。

这个姑娘应该是个新职员,她坐在一个不起眼儿的位置,忙着为同事们准备酒水、递送食物。她配合着大家的欢声笑语,露出温顺的笑容。

她也许厌倦了应酬,不时抬头看看樱花树,同时,她似乎也在借此空隙偷偷打量我。

我是只流浪猫,早就习惯了被人们左瞧右看,被还算漂亮的小姐这样盯着看,我也不觉得不悦。

不过,这位姑娘打量得也有点儿太过分了。

我觉得自己全身上下都被她的眼睛看个遍了,可我的目光却始终没有和她的目光相遇,这可不是普通人能做到的。就连总是在城里转来转去的我都觉得说不过去了,可见这姑娘的确有点儿不同寻常。

这家伙散发出了危险的气息。

我不该靠近她!我本能地感觉到了危险,可我越想离开此地,想了解她的好奇心就越强烈。这就是猫的本性吧。

要是在平常,我肯定早就逃之夭夭了,不知何故,此刻的我却无法逃离。

看见这位姑娘,我被人抚摸过的记忆忽然苏醒。使记忆苏醒的诱因是气味吗?是从这姑娘所在的方向隐隐飘来的气味吗?

难道这姑娘的气味使我的记忆苏醒了?我不知道。我想多待一会儿,看看情况再决定是否离开。

我刚要抬腿走向姑娘所坐的位置,一位赏樱客就凑过来,分了点儿烤鱼给我,我"喵"地叫了一声还礼致谢,姑娘闻声朝这边张望。

我的目光终于和她的目光实实在在地碰到了一起。

果然,刚才一直盯着我的人就是她!而我目不转睛地看她时,她又移开视线,真是个别扭的家伙!

无奈之下,我只得鼓起勇气试探着走近她。从近处细瞧,我觉得她没有想象中那么危险。

她那可疑的举止很可能只是因为精神紧张,这种紧张大概是在不熟悉的地方赏樱造成的。我放松了戒备,仔细地观察起她来。

我凑到这姑娘的脚下,使劲儿吸吸鼻子嗅嗅她,刚才那种有些熟悉的气味好像就是从她身上散发出来的。她身上的气味与令我难以忘怀的气味非常相似,我心中涌起一种被爱抚的渴望。

"摸摸我吧!"我在她身边释放出这样的信号。

可她根本没有要摸我的意思。我不喜欢主动跑过来对我胡摸乱捏的人,但我喜欢的人对我碰都不碰,也让我感到不悦。

我也是只别扭的猫啊!

"摸我!快摸我!都说了快摸我嘛!你怎么不摸我呀?"我心里这样想着。

一只想被抚摸的猫和一个固执地就是不肯抚摸猫的姑娘,就这么对峙着。

在旁人看来,这似乎只是个温馨感人的场景,而这在我的脑中,却充满因争夺地盘与敌手对峙周旋、相互试探时的紧张感。

这场人猫耐力大赛突然结束了,一个像是这姑娘的前辈的男人走过来,开始抚摸我。

"我可不想让你摸呀!"我轻轻地叫了一声,甩甩头。

可这男人撕了一小块肉给我,我虽然不情愿,但是看在食物的分儿上,就让他摸了摸。

男人若无其事地在姑娘身旁坐下,他搭讪道:

"夏目,你喜欢猫吗?"

被称为夏目的姑娘没吱声,也许她吱声了,但声音太小,我没听到。瞬间,眼前的这两个人都脸红了。

"你一直在看这只小猫吧。喜欢的话,你可以摸摸它,它很乖的。"

姑娘一动不动地沉思着,她看起来一会儿为难,一会儿痛苦。她在经历了一番复杂的表情变化后说道:

"对不起!"

姑娘慢慢站起身,消失在黑暗中,其他那些还在高声谈笑的同事都没注意到姑娘的离去,被晾在那儿的男人轻轻叹了口气。

"她果然很烦我呀!"他没什么自信地说道。

他把我抱到膝盖上,轻轻抚摸起来,他抚摸猫的手法相当棒。虽然这家伙相貌有点儿吓人,但是不像个坏蛋。

这个男人既然知道那个姑娘一直在看我,那就意味着他也一直在看她喽。不用说大家也明白,对这个男人而言,那个姑娘应该是个很重要的人。

虽说身为一只猫对人类的感情说三道四有些不知天高地厚,可我还是"喵喵"地叫了几声,作为回应。

其实我想对男人说:"她可能并不是烦你,而是烦我!"当然,我也没指望他能听懂我的意思。

猫能听懂一部分人的语言,而人类似乎永远都理解不了猫说的话。

可能人类比我想象的还要笨吧。希望他们再加把劲儿,以后能够有所长进。

顺便说一句,此时逃离现场的那个女人就是我的供餐员夏目小姐。这次相遇,应该算是最尴尬的一种相遇了。

这姑娘连摸猫都不敢,怎么会成为我的供餐员呢?不久之后,我就搞清楚了这一点。

我在樱花树附近巡视了一圈,也没有发现夏目小姐的踪迹。

此时,来赏樱宴饮的人还不太多。

没办法,我决定再去查下一条线索。

3. 我被骗了

我来到我的地盘边界附近的一家生意冷清的拉面馆门前。这家拉面馆离商店街不远,是一家客人不多的拉面馆。我跟夏目小姐的第二次相遇,就发生在这家拉面馆门前。

那是在我们赏樱偶遇的几天后。

因为拉面馆的老板会不定时地给我一些鲣鱼片、杂鱼干之类的食物,所以我偶尔会去那里露个脸。大概是因为拉面馆生意惨淡,剩下的食材也比较多,所以我去那里总能得到不少吃的。

那天晚上,拉面馆的食客也很少。

我"喵"地叫了一声,算是打了个招呼,老板从侧门探出头来,扔给我一些鲣鱼干。

正在拉面馆旁边享用美食的我,突然察觉到有目光从背后射来。我回头一看,穿着一身职业装的夏目小姐正望着我。跟赏樱那次一样,她还是装作若无其事的样子,但她关注我的那种神情却毫无保留地表现了出来。

有意思,实在有意思!我那毛病又犯了!

我觉得她像一只我无论怎样逗都不理睬我的母猫,这使我越发想引起她的注意。

我靠近夏目小姐,用头蹭蹭她的脚。怕猫怕得连摸都不敢的人,被猫一蹭,会吓得全身发抖吧。我心里盘算着,抬起头,突然感到一阵憋闷,连气都喘不上来了。

"我还是没忍住啊!"

我还没弄明白怎么回事,夏目小姐就已经将我抱起来,紧紧地贴在她的胸前了。好难受!难道这姑娘要杀了我?

"怪不得看起来很像,它就是那时候的那只猫啊!"

我被骗了,完全被她骗了!这姑娘不但喜欢猫,而且是个恋猫狂!

"真受不了你!脾气又坏,长相又丑!"

"脾气又坏,长相又丑!"这句话多么粗鲁啊!那些爱慕我的母猫们可一直称我为帅哥呢！她这是在侮辱我吗？

"我以为我能忍住，但最终还是摸了你！我实在忍不住了！我真想养只猫啊，可他们不让养宠物！唉，怎么办呢？"

她用脸蹭我的毛，抓住我的爪子贪婪地嗅着肉垫，一脸痴迷地在我的身上为所欲为。

我忍无可忍，扭动着身体竭尽全力想挣脱她的怀抱，可夏目小姐的力气大得出乎我的意料，我的挣扎都是徒劳的。

不过她的身上有股很好闻的味道。

我想起五年前被人类收养的往事。

夏目小姐身上的味道很像我的前主人的孙女身上的味道。那是个尚未成年的少女，她经常来我的前主人家玩，每次都会紧紧地抱着我，在我的身上摸来摸去。尽管她还不太会逗猫，抚摸猫的手法也很拙劣，但她的每一次抚摸都充满爱意。

被她爱抚的感觉令我难以忘怀。有那么一瞬间，我的心中生出了这样的念头——一直被她这样抱着也不错呀！这个一闪而过的念头，是只属于我自己的秘密！

不行！这样想下去，我会走火入魔的！好不容易培养起来的流浪猫的独立精神也将化为乌有。

我"喵"地叫了一声，声音凄厉，这是求救的信号。偏偏这时候，那些爱慕我的母猫们都不在我的身旁！

过了一会儿，有个客人吃完拉面，从拉面馆走了出来，我定睛一看，那人正是赏樱聚餐那天跟夏目小姐搭话的男人。

"夏目,你这是……"

男人脸上露出难以置信的表情,我也同样无法相信。上一次,我完全被夏目小姐见到猫时胆战心惊的模样骗了,这个男人大概也是这样想的吧!

夏目小姐听到有人叫自己的名字,身体一下子变得僵直,她战战兢兢地看向那个男人,两人的视线撞到了一起。

夏目小姐瞬间松开了紧握着我的爪子的手。

我扭动身体,伺机从夏目小姐的臂弯中挣脱出来。而此时,夏目小姐竟然以百米冲刺的速度拔腿就跑。

"夏目,等等!"

身穿齐膝短裙、脚蹬细跟皮鞋的她怎么会跑得这么快?实在不可思议!夏目小姐以近似短跑运动员的速度跑得无影无踪了。女人真是可怕!

夏目小姐又跑了,她真是个喜欢逃跑的姑娘。

被晾在原地的男人叹了一口气,看来他有些时运不济。他大概并不想撞见这场面,而夏目小姐更不想被人撞见这场面吧。

男人一定以为夏目小姐文静乖巧、楚楚可怜,是个连猫都怕的小女生吧。原本我也以为她是那样的。

然而,她那些恋猫狂的举动,使我怀疑自己的判断力。原本对自己的视力就不怎么自信的我简直怀疑我的眼睛是不是出了毛病。然而这不是梦境,是现实!

面对现实,说什么也没用了。要想把这一切当作从未发生过的话，男人只能祈求自己丧失记忆了。

夏目小姐回家后，回想那难为情的一幕，一定会辗转反侧、难以入眠吧。想象一下夏目小姐与男人再见面时的场景，我都替他们尴尬！

如果我是夏目小姐，我肯定会觉得在同事面前无地自容，我会请个假，出门旅行散心。

作为流浪猫的我，如果有不想见的人或动物，只要换个地盘、躲开对方就行，而人类就没法用这种简单的方法回避。有时候，我觉得还是做只猫好啊！

我一边回忆着和夏目小姐有关的事，一边在面馆附近转来转去，确定夏目小姐不在此处之后，我叫了几声，但是老板没有闻声出来。

我仔细一想，面馆晚上营业，午后时分，老板应该还在准备晚上用的食材。我来这一趟只是确认了面馆的生意不太兴隆。

确实，拉面馆前这出闹剧发生后的一段时间里，我大概很难再在这里遇上夏目小姐了，与这里相比，在被我当作安身之处的小公园的花坛附近遇到她的可能性更大一些。

说不定夏目小姐又想起了供餐员的职责，很快就会来给我送吃的了。带着一丝期待，我决定再回公园看看。

4. 再给我挠挠

小公园的花坛定期有园丁移种花草。

不久前,花坛里还开着黄色的花朵,现在却换成了白色的花朵。

可能的话,我希望人类种些能结出猫粮或猫罐头的植物,这样一来,我就不用每天为食物担忧了。

虽然流浪猫看起来自由自在,但事实上,我们这些没有固定食物来源的猫们每天都在饿死的边缘徘徊。夏目小姐第一次来小公园那天,饥肠辘辘的我差一点儿就要饿晕在花坛边了。

几天前,小公园附近开始施工,连续多日没人经过。那些经常给我送东西吃的人可能都绕道走了,好久都没出现过了。

偏偏这段时间,面馆老板也忙得不可开交,我去了拉面馆那边,他也不给我吃的。连位于我的地盘边界、我平日不常去的寿司店和小料理屋,我都去瞧过了,那些地方的可以吃的厨余,早就被其他流浪猫吃掉了,根本没有我的份儿。

不妙!相当不妙啊!我心里嘀咕着回到小公园,精疲力竭地倒在花坛后面小睡了一会儿。

有香味儿!一觉醒来,我发现眼前放着一个猫罐头。

我用鼻子嗅嗅,确认没有危险后,便风卷残云般将罐头吃了个精光。尽管那不算是个高级罐头,但只要能填饱肚子,我也顾不上挑肥拣瘦了。腹中空空的时候，什么食物都是美味佳肴。

我把鼻尖上沾着的汤汁都舔干净后，突然发觉有人在抚摸我的脑袋。我仰头一看，抚摸我的不是别人，正是夏目小姐。

"好吃吗？"

我"喵"地叫了一声，意思是罐头马马虎虎吧。

"是吗？那就好。"

她多半没听懂我的意思。她给我送吃的，我心里固然感激，可她要是以为我喜欢吃这种猫罐头，那就太糊涂了。不过我也没办法把这个意思准确地传达给她，人类无法理解猫的语言这一点，实在太让猫们闹心了。

夏目小姐的脸上露出开心的表情，她来回挠着我的下巴。我一般会让给我东西吃的人抚摸一会儿。

她抚摸猫的手法有所长进嘛！是这儿！这儿，这儿！再往上！舒坦！

再给我挠挠！不，不是那儿！不对，住手！我都说不对了！

做任何事都要把握好尺度，这个姑娘把握尺度的能力有些欠缺。她爱猫的心意倒是表达到位了，但给猫挠痒痒的水平还是差强人意。

"唉，我还是喜欢这种坏脾气的猫咪呀！可惜我现在手里没钱，一时半会儿搬不了家……"

夏目小姐又抱起我，把我的脑袋按进她的怀里，一阵窒息感突然向我袭来。这姑娘不太会逗猫，总是弄得我不舒服，而且每次见面都说我是只坏脾气的猫，真是没礼貌！她对我的折磨和侮辱也该适可而止了！

我想挣脱，可前腿被她牢牢抓住，动弹不得。夏目小姐嗅我的肉垫时眯着眼睛的模样倒是很有女人味。这家伙果然是个恋猫狂！我"喵"地叫了一声，意思是"救命"。

"夏目，你这是……"

之前的那个男人又出现了，他大为不解地盯着夏目小姐。这是继赏樱之后，我和他的第三次见面。的确，若说第二次见面是巧合，那第三次见面绝对不是巧合了，我觉得他是有目的地赶来此处的。对我来说，他也算是个救星，但在夏目小姐眼里，他应该是个不速之客吧。

"感冒好点儿了吗？"

夏目小姐想说些什么，却支支吾吾地没说出来。她放开我，捡起空罐头盒，慌慌张张地从我和那男人身边跑开了。

"对……对不起！我明天一定按时……上班……"

夏目小姐跑远了。虽然她穿的是牛仔裤和运动鞋，可她奔跑的速度却相当了得。还没等我回过神儿来，夏目小姐已经不见了踪影。瞧她那奔跑的速度，怎么瞧都不像得了感冒，我想她肯定是偷懒没去上班吧。

"我没有责怪你的意思啊……"男人垂头丧气地说道。

男人在我的身边蹲下，轻柔地抚摸着我的脑袋。比起那位恋猫狂夏目小姐，这个男人算得上是抚摸猫的高手了。

这个男人至少两次把我从危机中解救了出来。莫非他并非人类,而是我一求救便现身相助的魔法使者?不过,我从未听说过有猫将人类当作魔法使者的。

如此说来,我以前被人类收养时,倒是与我的前主人一起看过有魔术师的动画片。那位魔术师的魔法使者就是只黑猫,主人说它跟我很像。我确实是只黑猫,但在我看来,我和那只猫的脸型、体形都不一样,只因我的毛色和那只猫的毛色一样,就说我们长得很像,实在太失礼了。

另外,我也不能像动画片里出场的黑猫那样跟人类交谈。除了毛色,我和那只猫没有一点儿相似之处。我很想对我的前主人说明这一点,因为语言不通,我说什么她也听不懂。无奈,我当时只好"喵"地叫了一声。

猫魔也好,猫怪也罢,人类似乎特别喜欢那些能够施展神力的猫的故事。不过迄今为止,我从未遇到过这种有神力的猫,我也没有那种神力。因此,我与这个男人的几次相遇,也许只是夏目小姐、我与他之间的孽缘罢了。

顺便说一句,那天逃之夭夭的夏目小姐,数日后又出现在我的面前,看来她已经把做我的供餐员当成自己的光荣使命了。

那天,我盘算着夏目小姐应该想起自己的使命了,很遗憾,我在公园里巡视一圈后,仍未发现夏目小姐的身影。

"我要不要去别的地方找找呢?顺便去找母猫约会。"我犹豫着。

正在这时,不知从何处飘来了烤鱼味儿,烤得焦脆的秋刀鱼立刻占据了我的心。我决定顺着香味,去远一些的地方看一看,好久没出远门了。

5. 我不是那种不识趣的猫

平时,我不怎么出远门,对流浪猫来说,自己的地盘是很重要的。

侵入别的流浪猫的地盘会惹祸上身,因讨口饭吃而将自己置于危险之地很不明智。为了尽量避免无谓的争斗,我常躲在暗处察看敌情,确定安全后,才小心翼翼地走出来。如果迎面走来的猫看起来比我强壮,我会很低调地让对方先走,并尽量避开其视线。

流浪猫冒着与其他流浪猫发生冲突的风险穿过不属于自己的地盘,往往是为了寻找能与自己约会的母猫。大部分母猫在春季或秋季发情,但也不全是这样,这种事也因猫而异,有些母猫会全年发情。

有些相恋的猫,一生只能相遇一次、约会一次。

若两只猫能擦出火花,就应当珍惜缘分,好好相爱。这便是我的信条。

最近，我听说，附近来了一只美如天仙的白色母猫，我对它很感兴趣，想一睹她的芳容。

我心意已决，向平时很少去的河边走去。我原本打算寻找母猫的踪迹，却被飘来的烤鱼香味吸引了过去。

不远处升起一股白烟，烧烤的气味夹杂着烤鱼焦脆的浓香从那里飘过来，勾起了我的食欲，找白猫的事被我忘到了脑后。我受到那味道的引诱，慢慢地向香味的源头走去。

没错，有人在那里举办秋刀鱼烧烤节的活动。

带有网架的炭炉摆了一大排，秋刀鱼一条接一条地上炉烧烤，参加聚会的人们拿着盘子，排着队，等待烤好的秋刀鱼。

这简直就是个世外桃源啊！

我被秋刀鱼的香味围绕着，感到一阵幸福的眩晕。恍惚间，我觉得自己仿佛要快乐地跳起舞来。

"没有秋刀鱼兑换券不行吗？"一个熟悉的声音在我的耳边响起，说话的人正是那个魔法使者般的男人。

"咦，是你？"

男人注意到我，走过来摸摸我的脑袋。他抚摸我的方式还是那么轻柔。

"连这种地方都能找来，你可真是个美食家！"

我当然不是冲秋刀鱼来的。我"喵"地叫了一声，打算告诉他，我是来找白猫约会的，想必他还是听不懂。不过被他称作"美食家"倒是不赖,我喜欢被别人夸奖。出于礼貌,我也"喵"地回应了一声。

"我也想分给你一份儿,不过,看来连我的份儿都没有啊,抱歉!"男人满怀歉意地说道。

他好像因为没有兑换券而无法排队领取烤好的秋刀鱼,他看起来没精打采的。

突然,人群中有位姑娘向我们走来,我嗅到了一丝熟悉的气味。

"给你兑换券……"

跟男人说话的正是夏目小姐,她把秋刀鱼的兑换券递给男人。

"啊?那夏目你呢?"

"我是被朋友硬拽来的,并不喜欢吃秋刀鱼。那东西好吃是好吃,可鱼刺又细又多,我笨手笨脚的,吃相会很难看的,我也不想因为吃相难看而被别人笑话。"

夏目小姐看起来像是一个人来的,没有结伴而来的朋友。我想,这个姑娘肯定在撒谎,但她表面上装出一副若无其事的样子。

男人微笑着从夏目小姐手中接过兑换券。

"谢谢!那就把秋刀鱼对半分吧。我把鱼刺剔出来。"

夏目小姐显然因这个提议而不知所措,她的嘴巴半张着,似乎想说点儿什么,却什么都没有说。

"嗯，这个嘛……"

"一个人排队是很无聊的，咱们一起排队就可以聊聊天儿了！"

没想到这个男人还挺擅长拉近两人之间的关系的，不过仔细观察便会发现，他握着兑换券的手在微微颤抖。可能他也是鼓起了全部勇气才说出刚才那些话的吧。

不愧是我的魔法使者！加油！魔法使者，我支持你！

"甜点之类的小吃我请，就当是谢谢你！"

这次的约会差一点儿就要成功了。我走近夏目小姐，用头蹭蹭她的脚。我想跟她说："看到了吧，男士向你发出邀请啦，你要认认真真地和他约会哦！"

跟赏樱时差不多，夏目小姐表情复杂，纠结良久。夏目小姐对我倒是热情如火，可在这男人面前却显得十分拘谨。难道她又要落荒而逃？

不过我的担心有些多余，这次夏目小姐的态度有所改变。

"嗯，那咱们就一起吧……"

"太好啦！"

男人微微一笑，像是松了口气，我也放了心。我实在不忍心再看到他被夏目小姐抛下后的落寞神情。

尽管如此，我还是担心夏目小姐。这次约会看似没问题，不过根据我以前的经验，夏目小姐突然改变主意、不辞而别的可能性仍然存在。世上没有绝对的事，这个男人还是应该注意一点儿。

"那边是队尾。"

夏目小姐被男人催促着,向领取秋刀鱼的队伍的末尾走去。一脸羞涩的夏目小姐,仍在躲避男人的目光。

这姑娘可能真的害怕与自己的意中人进行目光接触,真是个麻烦的女人!我本以为这次两人的关系一定会有进展,但照这样下去,仍然是前景堪忧啊!

我感慨着,跟在两人的身后。

已经在排队的男人从口袋里摸出一张广告传单反复看着,像是在确认什么。

"附近好像还有落语①表演,咱们过会儿一起去看看,好吗?"

"哦,好的。"

两人的对话依然很客套,话题也说断就断。你们倒是亲热点儿啊!我"喵"地叫了一声,以示我内心的焦急,可惜看起来没什么效果。

烤秋刀鱼的香味随风飘来,那香味里混杂着发情母猫的气味。我环顾四周,发现不远处有一只白猫正望着我,她好像就是传说中的那只漂亮的白色母猫。她有一双鸳鸯眼,这是虹膜异色症的症状,可这双眼睛却令她更具魅力。她真美啊!难怪许多猫都说她貌若天仙,连我都一下子就被她迷住了。

---

① 落语:日本传统曲艺形式之一,类似中国的单口相声。

我岂能错过这次良机！我飞奔过去，追上想要逃走的白猫，从后面扑上去，和她亲热一番。亲热结束，我便进入了昏昏欲睡的状态。这时，我突然感受到了从背后射过来的视线。

我回头一看，夏目小姐和那个男人几乎同时移开了视线。看来他们目睹了我与白猫嬉戏的过程。这两个不解风情的家伙脸颊有些泛红，看起来挺尴尬。他们既然那么容易害羞，就别看我和白猫约会嘛！人类真是别扭。为了缓和这尴尬的气氛，男人结结巴巴地说：

"别……别往心里去，约会时那样是很正常的！"

夏目小姐惊呆了，连我都惊呆了。我的魔法使者，你在说什么啊！流浪猫在野外干什么都无可厚非，人类这么做可不行啊！连猫都懂这个道理啊！

"啊，不是，我不是那个意思！我不是说亲热，我说的是两只猫咪互相闻肉垫的气味、一起嬉戏是很正常的！"男人拼命地解释，"肉垫的味道很让人上瘾啊！我以前也养过猫，我也很喜欢那种味道！"

看来这就是男人擅长抚摸猫的原因。

"身边有只猫，气氛就轻松许多，有那个小家伙在咱们身边，你就不会一看见我就跑了，我真的很高兴。"

夏目小姐略带歉意地轻轻点头。

"你跑得很快啊，以前练过田径项目吗？"

"我练过短跑，一直练到高中。"

怪不得那么擅长加速跑,原来是童子功啊!

"夏目,你在公司跟我说话的时候总是很紧张,好像我这个凶巴巴的前辈总是在欺负年轻同事,其实咱们正常交流就行。"

"对不起……"

"唉,我不是在责怪你。我早就习惯被年轻同事防备了,只怪我自己长相太凶,我自己心里有数。"

"长相太凶?怎么会……"

"没事,不用给我留面子,亲戚家的孩子们一看见我这张脸就哭!"

男人像马戏团小丑那样笑着,脸上却满是悲哀。

两人陷入沉默,时间仿佛静止了。男人仿佛在等待夏目小姐说出"没那回事"之类的话,哪怕假意迎合也好,此时的他需要夏目小姐的同情和安慰,而这也是人类特有的客套。猫们彼此"喵"一声就行了,而人类的交流实在是太复杂了。

然而,夏目小姐说出的话,完全出乎我的意料。

"我看过你的毕业设计,就是那幅透视图。"

"透视图?"

男人愣住了,弄不清夏目小姐在说什么,我也无法理解。夏目小姐的言行向来都是天马行空的,完全不可预知。

"就是那张旧式日本房屋的透视图,屋子的长廊上还有一只猫。"

"啊,那是我上大学时画的!我想起来了,那张透视图是那么画的,我对那张图也记忆犹新!"

夏目小姐垂着头,不看男人的脸,从刚才开始,她就一直低着头,看着自己的脚说话。

"我一直很纠结,是在建筑行业发展,还是到一般企业就职。就在我犹豫不决时,我看到了那张透视图,我也很想住进那种带长廊的、人和猫都能住得很舒服的房子。当时我想,我要是能设计出那样的房子该多好!于是我选定了自己的职业方向。"

男人露出惊奇的表情,眼睛闪闪发光。被他人的言语震撼时,人的眼睛常常会这样。

我想起自己当家猫时的往事。我那时的主人及其孙女在看电视的时候,一听到广告里有"限时"这个词,就两眼放光。说不定夏目小姐的话里也包含着某种重要的东西,让这男人感到一种迫不及待的渴望。那种渴望也许类似人对某种从未品尝过的美味佳肴的渴望吧!

男人注视着夏目小姐,他的眼睛里闪着光。

"我做毕业设计那年,家里的猫死了。当时的我被学业、课题追赶着,还要打工赚钱养活自己,时间很紧张。而且,那时生活窘迫的我也舍不得花那一大笔路费,所以那年我就没回家,我家猫死的时候,我也没能看上它一眼。"

男人一脸难过。

"我以为想见我家猫的时候就可以见到它,然而事实并不是那样的。我现在明白了,猫比人死得早,这是谁也无法改变的。

于是我就把家里养的猫画在我设计的房屋的长廊上,希望它能在透视图里好好活着。"

男人瞥了我一眼,微微一笑。他看的虽然是我,但是他的眼睛深处浮现出的应该是他养的那只猫吧!

"我都快把这件事忘记了,我也是为了设计出那样的房屋才进入建筑行业的。你让我想起了这些美好的回忆,谢谢你!"

"该道谢的人是我。"夏目小姐轻轻摇摇头,"我在找工作的过程中遭遇了不少挫折,而那张绘制出我的梦想生活的透视图一直支撑着我,给了我克服困难的勇气。从看到那张透视图的那天起,我总算不用在简历的志愿理由栏里写假话了。"

夏目小姐一会儿摸摸裙子,一会儿又摸摸衣袖,看起来有些不安。

"进公司后,我才知道那张透视图的作者是您,我没想到能跟改变自己人生的人一起工作,我感到很惊喜!"

夏目小姐的脸颊和双耳都红红的,仿佛烧红的铁板,我想,这会儿在她的脸上打个鸡蛋说不定都能煎熟。

"我越是想在前辈面前表现得好一些,就越是犯那些平常不会犯的错,把一切都搞得乱七八糟,我好像已经不是平时正常的自己了。是我把自己搞得太紧张了,不是前辈的样子长得凶……"

"是这样啊!那就好。我还一直以为你讨厌我呢……"

"没有的事!"夏目小姐终于直视着男人的双眼说话了,"我不但不讨厌你,反而非常喜欢……"

话音刚落,夏目小姐就露出"糟了"的表情,嘴巴抿起来,像要把刚才说出的话咽回去似的。可是话一旦出口,就收不回去了,她不会连这个道理都不懂吧?

男人被夏目小姐不小心抛过来的直线球般的表白惊得半晌动弹不得,如同被人打了脸。难道人类的语言有重量,打在身上会感到疼?

夏目小姐话里的意思总算传进了男人的大脑,他一反应过来,脸颊和耳朵就立马通红,他也像一块烧红的铁板,在他脸上煎鸡蛋的话,也能把鸡蛋煎得焦黄了。

"啊,谢谢!这可怎么好……没想到让你先说出来了……"

"啊?"

"我也非常喜欢你!"

两人久久地相互凝视着,他们会突然拥抱吗?若不是他们正在排队领秋刀鱼,他们肯定会来一个大大的拥抱吧!而眼下他们只能用眼睛来传情了。

对夏目小姐来说,这个男人是她的真命天子吗?也许是吧!这就是所谓的相爱吧!和他们毫无关系的我却因为他们关系的变化而激动不已,其实我用不着跟着瞎操心的!

从某种意义上讲,这算是刺激疗法吧。在目睹了我和白猫亲热之后,他们两人之间的气氛随即发生了变化,立于他们两人之间的隔膜的高墙坍塌了一半。我虽然觉得有点儿丢脸,但这脸丢得总算有些意义。

后来他们又干了什么我就不知道了。与白猫约会这一目的已经达成,我继续跟着他们二人就太不知趣了,于是我决定打道回府。说我对将要分给我的那一份秋刀鱼不感兴趣不是真心话,可我老是盯着这对男女就太碍人家的事了,我不是那种不识趣的猫。

从那天起,我的供餐员从一个变成了两个,不光是夏目小姐来给我送吃的,那个男人也经常跟她一起来喂我。看来他们的关系发展得相当顺利。从某种意义上说,我扮演了爱神丘比特的角色。我大口地吃着他们给我送来的食物,觉得自己受之无愧。

我一边回想着烤秋刀鱼的香味,一边沿河岸前行,到了当时举办烧烤节活动的地方确认了一番,别说夏目小姐,这里连一个人影都没有。我难得出趟远门,在这里也没有找到夏目小姐。我顺便找了一下那天和我约会过的白猫,也没找到。看来我是白跑一趟了。

出师不利的我并没有放弃,我打算再去我与夏目小姐第一次遇到另一只小白猫的地方看看。我迈步走向商店街附近的小巷。

6. 我以陪伴夏目小姐为乐

车站旁边,有一条带拱顶的商店街。

节假日里,商店街总是人满为患,平时却空空荡荡的。因为这里有拱顶,既可以挡风,又可以避雨,所以流浪猫们经常在这里撒欢儿闲逛。不过,这条商店街会不时出现一些可怕的东西。

夏天,一只浸在冰水里的巨型螃蟹被放置在路中央。艳阳高照的日子里,被晾晒在这种地方,螃蟹实在是太凄惨、太可怜了。

还有些人打扮成样子奇怪的巨型松鼠,排着队游行,吓得我差点儿心脏骤停。这种巨型松鼠好像是这条商店街的吉祥物,其模样令人毛骨悚然。

小孩子见了它,就像是见了什么可怕的东西似的一脸惊恐,就连被主人牵着的狗,看见它也吓得叫个不停。

组织游行的人如果真的为商店街着想,还不如不在商店街游行,为此我三番五次地用"喵喵"的叫声表示抗议,遗憾的是人们根本听不懂。

商店街最可怕的家伙是龙形怪物。

节假日或人多的时候,商店街的拱顶天花板上会不时地出现数只巨型怪物,人类好像称其为龙。对人类来说,它是用于招徕顾客的吉祥物,但是在我看来,它只是可怕的怪物。

有几次,我无意中抬头看到了龙形怪物,差点儿被它狰狞的样子吓破胆。经历过几次之后,我开始明白,那东西是吊在拱顶的天花板上的,不会冲下来咬我。尽管如此,在狂风大作的日子里,它们总是张牙舞爪地在拱顶上扭动,真是些让人闹心的家伙。

因此,每当碰上那种日子,我走路尽量不抬头。

第一次遇见小白猫那天,也是个狂风大作、行人稀少的日子。那天刚好刮台风,雨虽然停了,可狂风依旧一副所向披靡的样子,处处逞能。

等风稍微小了一些,我便去商店街溜达,以此来消磨时间。我经过电器商场和书店,在穿过小巷时,听到背后传来夏目小姐喊我的声音。

"啊,竟然在这里遇到你,我是要走好运了吗?"

说话间,夏目小姐从一个小纸袋里取出几张纸片,边端详边笑起来。她跟在我的身后,一副满心欢喜的样子。我刚踏进小巷,一阵疾风突然吹过,夏目小姐突然惊叫起来。

"哎呀,坏了!啊——"

惊慌的夏目小姐突然转身,似乎打算折返回商店街,没走几步,她手里捏着的纸片就被风刮飞了。她趴在地上东一把西一把地拼命想把纸片抓回来,折腾了一阵子后,她又回到我身边。

"完蛋啦!缺一张!被风刮走了一张,万一那张中奖了可怎么办呢?秋天这次开奖算是没戏了,只能等年底那次开奖啦!"

看来,被风刮飞的那张纸片是张彩票。夏目小姐蹲下身子抱紧我,低声哼哼起来,她的声音听起来很郁闷。大风天拿着这种容易被刮飞的东西出来显摆,也该预料到会发生这种事。

"对了,卖彩票的地方经常摆放着招财猫,你也摆个招财猫的姿势吧!"

夏目小姐抓起我的前腿,硬逼我模仿招财猫的样子。

"招财猫举起的是右前腿还是左前腿来着?"

那种事儿我怎么知道?招财猫的原型大部分都是三花猫,招财这件事,我这样的黑猫可做不来。

为了表示抗议,我"喵"地叫了一声,意思是让她放开我。我想挣脱她的束缚,前腿却被什么东西绊住了。只见一条绳子模样的东西缠在我的腿上,我怎么抖也抖不掉。难道这是一种新型圈套?夏目小姐想用这玩意儿拴住我?她搞出这种可恶的把戏到底想干什么?

"老实点儿!"

没办法,我本想在夏目小姐把绳子从我的腿上解下之前老实待着,可绳子的一端拴着个圆溜溜的东西,那圆东西一动一动的,逗得我心里痒痒,我最后还是忍不住用前爪抓挠着那圆东西玩了起来。

"喂!耳机线缠住了,别动!"

就算夏目小姐说"别动",我也会本能地动起来,这就像命令别人"不许喘气"一样不讲理。就在我跟耳机线搏斗的当儿,那圆溜溜的东西掉在了我的耳朵上,我听到那东西里竟然有声音。

我吓得一哆嗦,大气儿都不敢喘。那东西的小孔里传出人的声音,难道里面住着人?夏目小姐这会儿居然神气起来了。

"你也听听耳机吧。耳机里现在正在播放落语,讲的是一个关于猫的故事!"

夏目小姐解下缠在我身上的耳机线,把耳机贴近我的耳朵,我马上听到了一个大叔沙哑的声音。

耳机里的那个大叔是个油腔滑调的家伙,除了大叔的声音,里面还不时传来笑声和掌声,乱哄哄的,十分吵闹。这么小的东西里不光有大叔,还有其他人。他们在干什么呀?

"用不着摆出这副古板的样子吧!我给你听的又不是哲学课!"夏目小姐看着我笑道。

这女人之前说我长得丑,现在又说我的样子古板,难道我在她的眼里一无是处吗?夸我几句又能怎样?

"不过,你现在的样子看起来比平常端庄许多,感觉很酷!"

说我端庄,算是夸奖我吗?很酷又是什么意思?不过,从夏目小姐痴迷地盯着我这点来看,她应该是在夸我。

"咱们现在听的是一段叫《小猫报恩》的落语,里面有个名叫陀螺的猫……啊……"

夏目小姐突然慌张地掏出一个小铁板模样的东西摆弄起来。

"这一段不好!这里面的猫最后死了,还是听《猫的盘子》这一段吧！"

耳机里传来另一个大叔的声音。这耳机里到底住着多少个大叔呢？人类的东西真是令人难以理解！

"这个故事说的是，有个店主用看起来相当昂贵的古董盘子给猫喂食，来的顾客都以为这个店主不了解盘子的价值，打算把这个盘子骗到手，反倒被店主骗了。"

夏目小姐一边回忆一边讲解，讲着讲着，竟然自顾自地笑起来。

"唉，说了你也不明白！我应该怎么跟猫解释这里面的包袱呢？愁死我了！"

见夏目小姐心烦意乱，我"喵"地叫了一声，算是给了她一个回应，让她不要把这件事放在心上。

"你说的是什么意思呀？你莫非是说这些东西不给你讲你也能明白？你可真是与众不同啊！这样的话，我再给你听些别的！"

我还是没能让她明白我的意思。

对跟她顺利沟通这件事，我已经彻底死了心，于是我便装出很明白的样子，专心听落语。跟夏目小姐合用一副耳机听落语，我觉得我们很像一对情侣。我经常看见穿着制服的小情侣这样，想到这里，我还真有点儿不好意思。

身为一只猫，我虽然不太理解落语哪里有趣，不过看到夏目小姐开心，我也开心起来。我喜欢看她笑，没办法，我就陪着她听吧。我并非以听落语为乐,而是以陪伴夏目小姐为乐。

我们听了一会儿,远处传来一只小猫"喵呜、喵呜"的叫声,夏目小姐也听到了,我们同时向小巷深处望去。

"是我先看见的!"

"不,是我先看见的!"

只见一个少年和一个少女正抓着一只不停挣扎的白色小猫吵个不停,他们俩都背着双肩书包,看起来年纪不大。小孩子发现路边的小猫后将其收养的事时有发生,而他们随后又弃养小猫的情况也屡见不鲜。

看来这两个小鬼也会是这样!我走近这两个小鬼,打算教育他们一下,没想到被夏目小姐抢了先,她站在两个孩子面前。

"喂!猫可不是物品,它也是有自己的意愿的,你们不能这样争抢它!"

这些话从刚才还打算把我当成招财猫的夏目小姐嘴里讲出来,一点儿说服力都没有。

戴帽子的少年怒目圆睁,瞪着夏目小姐叫道:

"老太婆,少废话!"

"谁是老太婆?四舍五入的话,我才二十岁呢!"

戴帽子的少年愣了一下。

"四舍五入是什么玩意儿?"

个子比少年矮一些、看起来学习成绩不错的戴眼镜的少女答道:

"咱们以前学过嘛！四舍五入就是在取小数近似数的时候，如果尾数的最高位数字是 4 或者比 4 小，就把尾数去掉；如果尾数的最高位是 5 或者比 5 大，就把尾数舍去并且在它的前一位进 1。"

"行了，知道啦！少摆出那副了不起的样子！就数你数学好！"

戴帽子的少年撞向戴眼镜的少女，少女摔倒了，大哭起来。争夺猫咪的争吵演变成了打架，我实在看不下去了。

夏目小姐扶起坐在地上哭泣的少女，为她掸去身上的沙土。

"对朋友动粗的人没资格养猫！如果你们真想养这只小猫的话，你们先和好！不许生拉硬拽，你们得先跟这只小猫搞好关系！"

夏目小姐把刚才散落在路上又捡回来的彩票从口袋里摸出来，拿出两张彩票，一人一张，递给两人。

"这个给你们，你们放开小猫！"

这可真是不按常理出牌的交涉手法，两个小鬼都愣住了，我也搞不清楚她想做什么。

"今天你们放下小猫，乖乖回家。要是我给你们的彩票中奖，你们就用奖金买些玩具和零食，然后一起和和气气地来接小猫！听明白了吗？"

少年依然瞪着眼睛，不肯妥协。夏目小姐硬把彩票塞进他的手里，而少年没有接，仍紧紧抱着小白猫。他们这样僵持下去，事情也不会有什么进展的。

我"喵"地朝小白猫招呼了一声,告诉它,别愣着啦,赶快挣脱他逃命去吧!小白猫还在害怕,没有回应我。无奈之下,我只好向少年猛扑过去。

"哇——"

吓了一跳的少年两手一松,小白猫从他的臂弯里跳了下来,朝小巷深处逃去,随即麻利地钻进建筑物之间的缝隙里。这样一来,我就不用担心小白猫被少年追上了。

"别跑!"

戴帽子的少年拼命追赶小白猫,边跑边找。眼泪未干的戴眼镜的少女也追了上去,他们的身影消失在小巷里。

"你真是个好帮手!幸亏有你,小白猫才能安全逃脱!谢谢你啦!"

夏目小姐朝我抛了一个媚眼。这媚眼抛得太差劲儿了,白眼珠都露出来了,希望她不要在那个男人面前来这么一下。我"喵喵"地叫了几声,想把我的想法告诉她,可惜她还是听不懂。

夏目小姐的手里还捏着那两张没送出去的彩票。

"那两个小鬼眼睁睁地丢了可能成为亿万富翁的机会!看来彩票的好处小孩子们还不明白呀!嘿嘿,我可很明白!就算中不了奖,等待开奖的过程也很让人享受啊!"

夏目小姐盯着彩票,偷偷地笑起来。

"我的彩票要是中了奖,我就搬到可以养宠物的地方住,最好是有长廊和院子的地方。我会买一大堆好吃的,也给你吃哟!"

这大概就是"连狸子还没捕到就算计狸子皮能卖多少钱"吧!她的心倒是真宽!她要是真的中了奖,我也打算沾些光。我向来是来者不拒,能得到的东西就顺其自然地得到,不管给我喂食的人是谁,我都热烈欢迎。

可是夏目小姐志得意满的日子到底什么时候才能到来呢?我至今也没听说夏目小姐的彩票中奖。

当然,也有许多人中奖后因不愿请客便不告诉别人自己中了奖,而夏目小姐不属于那种能守住秘密的人,她应该不会那样。如果她不提及中奖这件事,那自然就是没中奖。

不过问朋友不愿意提及的话题,是很有绅士风度的做法。虽然我是只流浪猫,但我也知道自己不应该主动要求朋友请客。

几天后,那天遇见的小白猫来到我住的小公园,问我可不可以叫我"老爸",我拒绝了它的请求,但它仍然一直叫我"老爸"。

母流浪猫可能立马就能认出自己的孩子,而公流浪猫要确认自己的孩子则十分困难。

流浪猫无法像人类那样用结婚这种形式来束缚自己的伴侣,公猫会与发情的母猫约会,因此在母猫身边转来转去的追求者都有可能是母猫孩子的"老爸"。

话虽如此,小白猫长着一双漂亮的鸳鸯眼,脸型与秋刀鱼烧烤节那天我约会过的那只白猫极为相似。有那么一瞬间,我真的以为它就是我的女儿,但我转念一想,我与那只白猫约会的事才过去一个多月。

即使那次约会后它有了孩子,那么那个孩子也应该还在它的腹中,怎么算时间都对不上。我向小白猫解释了一番,它也完全没有听明白。算了,这些事对小白猫来说确实太难理解了。

通常来说,公猫并不负责养育子女,不过我陪伴她一段时间倒也没有什么,于是我和小白猫一起住了一阵子。

又过了一段时间,夏目小姐突然失踪了,而那只小白猫也从我的身边消失了。有一天,那个戴帽子的少年又发现了小白猫,差点儿把它掳走。我拼尽全力反击,击退了那个少年,我担心自己不在的时候,小白猫被那个少年掳走,便命令小白猫赶紧逃得远远的。

当我让小白猫别再回来时,小白猫脸上满是哀伤,可是让它承受这种离别之苦,也比眼睁睁地看着它被那个暴力少年掳走好啊!在那之后,我就再也没见过小白猫。我希望它以后能健康快乐,虽然它已经长大了不少,也健壮了不少,但残酷的流浪生活,对一只小猫来说,又谈何容易呀!

我能做的也只有为它祈祷了。猫该对着什么祈祷呢?也许猫应该对着猫罐头祈祷吧。

我找遍了整条商店街,也没找到夏目小姐。无可奈何的我决定去以前去过的那家超市的停车场看看,我曾多次在那里遇到过夏目小姐。

7. 我的供餐员的生命安全很重要

有心栽花花不开,无心插柳柳成荫。

我原本以为自己能在超市的停车场遇到夏目小姐,然而夏目小姐并没有出现,我却在那里遇到了那个魔法使者般的男人——我就叫他"魔法使者"吧。

我一直以为,经过我的撮合,夏目小姐和魔法使者已经成为情侣了,可是让我大为震惊的是,我在超市停车场遇到魔法使者时,他身边的女人并非夏目小姐,而是一个陌生的女人。

而且,魔法使者身边的女人还挺着大肚子。因为她比较瘦,所以她的大肚子应该不是肥胖导致的,她一定是怀孕了。

这是怎么回事啊?我的心里好乱。

前不久,魔法使者还跟夏目小姐一起来喂过我呢!这短短的几天之内,究竟发生了什么事?这种局面是怎么造成的呢?

难道是魔法使者移情别恋了?夏目小姐会不会是因为太伤心,把给我供餐的事忘到脑后了?

不行,我必须查个水落石出!

我决定暂停寻找夏目小姐,把精力放在魔法使者身上。

魔法使者的两只手上都提着白色购物袋,那些袋子看起来挺重,但我不知道里面装着什么东西。依我看,那里面八成是他为孕妇买的好吃的东西。

如果真是那样,那这些好吃的东西本应该属于夏目小姐啊!

一想到这些好吃的东西被这个陌生的孕妇吃了,我就气不打一处来。

夏目小姐有好东西吃的话,肯定会分给我一点儿,而这位孕妇大概不会这么大方,因为她一个人就得吃两个人的份儿。我胡思乱想着,跟在他们的身后。

走了一会儿,我来到我的地盘之外的地方。我确认没有别的猫之后,继续小心翼翼地跟踪他们,生怕跟丢了。走了好久,魔法使者和孕妇终于在一座小巧的独门宅院前停下了脚步。

魔法使者按响门铃,开门的竟然是夏目小姐!夏目小姐的脸色很难看,表情十分阴郁,她让魔法使者和孕妇进了屋。

难道夏目小姐先前买的那些彩票中奖了,她用奖金买下了这座宅院?看起来不像,她看起来并不开心。

难道他们三个人之间有复杂的感情关系?我听说过此类传言。人类跟猫不一样,有时候,两个女人会爱上同一个男人,还争得你死我活。刚才进入房子的三个人不会是聚到一起谈判的吧?

有复杂情感关系的三个人在室内见面,我一想到这个场景就感到不寒而栗。那个男人提着的袋子里装的究竟是吃的,还是可以伤人的武器呢?这个念头太可怕了,我不敢继续想下去!

虽然猫有时候也会为了争夺伴侣而大打出手,但猫绝对不会在这种无法逃脱的室内环境里展开战斗。我们往往选择户外可以四处奔逃的地方动手,所有懂得生命可贵这个道理的生灵,都应该做出这样的选择。

看样子,夏目小姐在这场争端中未必占优势,我有些担心她,便迅速行动起来。我试图找到一个能将屋里的人的举动尽收眼底的地方。我跳上院子的墙头,发现这里果然可以看到屋里的情形。

这座宅院虽然有些老旧,但建筑结构合理,人住在里面应该还是相当舒适的。

我突然觉得这座宅院与我前主人的所居之处十分相似,相连的长廊与客厅中的宽大拉门,看起来都似曾相识。我从这堵院墙上伸着脑袋向下张望,能看到夏目小姐他们的身影。

我向屋里看去,感觉里面的情形十分诡异。那不像是一间住着人的屋子,屋子的窗户上没挂窗帘,屋里也没摆放家具。

魔法使者进屋后,从购物袋中取出了一只炭炉,随后又拿出一些像是黑炭的东西,他不会是打算在屋里烧炭吧?

我有一种不祥的预感,我记得以前见过这种场面。

在我还是家猫的时候,我那时的主人很喜欢看悬疑剧,那里面就有这样的情节,有一家人用在屋里点燃炭炉的方式结束了自己的生命。

他们不会也要这样做吧?快住手啊!

我在院墙上"喵喵"地连叫了好几声。

可是夏目小姐他们只顾着说话,完全没有听到我的叫声。

住手啊！我的供餐员可不能就这么稀里糊涂地没了！

突然,夏目小姐朝我这边看了一眼,她大概是看到我了,于是她便拉开拉门,在院子里搜寻我的身影。她没有找到我,脸上露出失望的表情。

"它不可能在这里啊！"

夏目小姐哭了起来,她的肩头不停地颤抖着。魔法使者似乎打算安慰她,从背后抱住了夏目小姐。

这个男人到底要做什么？我看着他的举动心里发慌。他怎么能在那个孕妇面前这样做呢？

"来,振作起来！我的朋友也花了一个多星期的时间才平复心情。"

一直注视着夏目小姐与魔法使者的孕妇脸上露出凄凉的神色,她说完这些话,便走出了房间。看来刚才我所担心的事情不会发生了。

片刻过后,夏目小姐终于止住哭声,魔法使者温柔地抚摸着她的秀发说道：

"无论如何,能做的事就要做一下试试！"

魔法使者松开夏目小姐,将炭炉拿到长廊上并加入黑炭。看到本以为要在室内点燃的炭炉被拿到屋外,我总算放了心。这么一来,用烧炭做傻事的嫌疑应该就不存在了。

魔法使者从另一个购物袋里取出来一些秋刀鱼。他买这些秋刀鱼来干什么？我被彻底搞糊涂了。

难道是夏目小姐和魔法使者想吃秋刀鱼了？难道他们两人打算用吃秋刀鱼的方式来庆祝两人和好如初？他们的举动让我完全摸不着头脑。

魔法使者点燃炭炉,开始烤秋刀鱼,白烟随即升腾起来。本该嗅到香味的我却什么也没闻到,是风向不对,还是我鼻塞了？

想到"鼻塞"这个词,我忽然觉得很冷,难道我感冒了？我最近有些耳鸣,似乎总能听到那个待在耳机里的大叔在我的耳边说话。

最近的天气就像突然退回了冬天似的,连续几天气温急剧下降,也许天气降温和劳累使我的身体状况变差了。

夏目小姐起身进屋,又走了出来,从屋里拿出来一个大垃圾袋。她把垃圾袋罩在白烟上,停放片刻,垃圾袋里便充满了白烟,她扎紧袋口,将其弄成气球的模样。

接着,她又如法炮制了几个这样的垃圾袋气球,并将它们放在一边。做完这些事之后,夏目小姐默默地看着魔法使者,点了点头。魔法使者握住夏目小姐的手,微笑着说:

"这样就像参加了秋刀鱼烧烤节的活动！这样做肯定没问题,相信我！"

"嗯。"

夏目小姐的应答有气无力,魔法使者抱住她,轻柔地抚摸她的后背。

刚才还提心吊胆的我现在终于松了一口气,原来刚才只是我自己瞎担心！看来夏目小姐的"分手风波"已经过去了。虽然这次的事我没有介入，可是如果他们是因为秋刀鱼才和好的，那也算是我的功劳，毕竟上次秋刀鱼烧烤节是我们一起度过的。

我希望这对恩爱如初的情侣，明天不要忘记履行供餐员的职责。今天时间已经不早了，姑且饶过他们吧。看着他们，我"喵"地叫了一声。

我决定停止跟踪夏目小姐和魔法使者，回到我的小公园，倒头睡一觉。

我从院墙上跳下来，朝院门口走去，看见一位身穿睡衣的老婆婆和一个女高中生站在那儿。老婆婆睡衣上的浅色花朵图案使她显得与周围的环境格格不入。

"婆婆，快回去吧！这里已经是别人的家了！"

女高中生安慰着老婆婆，打算把她劝走，正在这时，老婆婆看见了我。

"小黑，到这边来！"老婆婆的声音唤起了我难以忘怀的记忆。啊，我以前的主人好像就叫我"小黑"！

可是我那时的主人，应该不是这么一位老态龙钟的老婆婆，而是一位精神矍铄、笑口常开的老妇人。

她一定是把我跟别的猫搞混了！我心里这么想着，嘴上"喵"地应了一声，老婆婆的脸上有了一点儿笑意。

"您胡说什么呀！哪有什么小黑？您不记得了吗？小黑早就没了！您别闹了！"女高中生带着哭腔说道。她一边说，一边生拉硬拽地把老婆婆拉走了。

这位老婆婆很像路上的"徘徊老人"。我有时会看到一些老人独自在街头徘徊,他们大多是忘记了回家的路。这位老婆婆大概也是这种情况。

我今天去了这么多地方,也找到了夏目小姐,但她不来给我送东西吃的原因,我依然没有查清楚。

我突然觉得很累。我还是赶紧回小公园休息吧!

8. 一段往事

我回到公园,在公园的花坛里躺下,迷迷糊糊地打起了盹儿。

我在半梦半醒之间闻到了一股秋刀鱼的味道。

奇怪,这里怎么会有秋刀鱼的味道?难道附近有人家在烤秋刀鱼?

我的脑海里响起夏目小姐的耳机里那个大叔的声音以及掌声和笑声,这些声音把我吵醒了。我抬头看去,四周一片黑暗。

我回想起前些日子魔法使者曾独自来给我送过吃的。

那天,魔法使者走到我的身边,把价格略贵的猫罐头放到我面前。

"今天夏目请假了,她有点儿发烧。她这次不是因为偷懒才没去上班。"

魔法使者说完,苦笑起来,显然夏目小姐偷偷地提前下班的事被他发现了。

我毫不客气地把魔法使者给我的猫罐头吃了个精光。罐头相当好吃!他一直陪着埋头吃饭的我,见我吃饱喝足,便轻柔地抚摸我。

这家伙抚摸猫的手法真是高超,他的抚摸令我十分舒服。我扬起下巴,想让他给我挠挠下巴。如我所愿,他开始抚摸我的下巴,我的喉咙里发出呼噜声。

"你知道吗?夏目在赏樱之前就见过你!"

我一边看着魔法使者的表情,一边努力回忆着已经模糊的往事。尘封已久的记忆逐渐清晰,我这才想起来,我确实在很久以前见过夏目小姐,而魔法使者所要讲述的,应该是那件事。

那时夏目小姐还是学生,她打算利用课余时间打零工。她去面试那天,要乘坐的那辆电车因故障而停运,夏目小姐乘坐别的电车,辗转到达公司附近,眼看就要赶不上面试了。

夏目小姐陷入了恐慌之中。

她站在陌生的街道上,找不到面试的公司所在的那座楼,而面试时间马上就要到了。

"怎么办?完蛋了!"她茫然地嘟哝着。

就在夏目小姐不知所措的时候,一只黑猫从她的身边跑过,跑进了一条小巷。夏目小姐向那只黑猫跑去的地方张望,忽然发现巷子深处有栋办公楼,而那栋办公楼上正挂着她要面试的那家公司的招牌。

夏目小姐赶紧向那家公司跑去,准点到达了面试场地。当时负责接待面试人员的正是魔法使者。魔法使者看到夏目小姐狼狈的样子,估计她刚才是迷了路,好不容易才到公司,于是便上前询问:

"你还好吗?我们公司位置比较偏僻,许多第一次来的人都找不到公司所在的办公楼。"

听完他的话,夏目小姐微笑着回答道:

"我还好,有只黑猫帮了我的忙,总算找到了你们公司,没迟到!"

"有只黑猫帮了你?"

"啊,没什么。"

魔法使者听了夏目小姐的回答,还以为她在开玩笑,后来在办公楼附近看到了那只黑猫,才相信了夏目小姐的话。他觉得一脸诚恳的夏目小姐十分有趣,与众不同。

"这也许就是一见钟情吧!小猫,这件事你可要对夏目保密啊!"

魔法使者笑着说,从那以后,他就喜欢上了夏目小姐。

也许是因为我跟面试那天给她引路的黑猫长得一模一样,所以赏樱那天,夏目小姐才会一直盯着我看。

我想起来了，魔法使者所说的夏目小姐去面试的那一天，我确实为了和一只母猫约会，跑到了我的地盘之外。我记得自己跟一个傻乎乎地站在路中央不知所措的姑娘擦身而过。现在回忆起来，我记忆中的那个姑娘确实跟夏目小姐有些相似。

那天我还在纳闷儿，这家伙站在路中央干什么？我抬头看了她一眼就跑进小巷，那姑娘却跟了过来。

那时她的眼睛直勾勾地盯着我，我还以为她是一个危险的猫贩子，当时甚至做好了迎战的准备，而她走进了一座办公楼，我这才解除防备，转身继续奔向我和母猫约会的地点。

尽管那时的她和我只有一面之缘，并没有给过我吃的东西，但因为我当时以为她是一个危险的猫贩子，所以现在想起来还对她有些印象。赏樱那天，我之所以觉得夏目小姐似曾相识，也许就是因为我那时把她当成了猫贩子，所以还记得她的样子。

"如果没有你，夏目可能就赶不上那场面试了；如果没有你，赏樱那天，我可能也鼓不起勇气跟她聊天儿；如果没有你，秋刀鱼烧烤节那天，我和夏目的关系也就不可能有进展。"

我认同魔法使者的说法，正因为有我，他和夏目小姐的关系才能进展到现在这样的程度，不过我也被魔法使者解救过多次。也许我、夏目小姐和魔法使者之间，有种说不清的缘分吧！

"我要好好谢谢你！"

男人的脸上洋溢着幸福的笑容。

在我看来，这个男人给猫挠痒痒的手法如此高超，应该是个体贴专一的人，他应该会对爱情忠诚。那天他陪伴的那位孕妇，或许只是他的一个朋友，说不定是个出售炭炉的人或者卖秋刀鱼的小贩。

我想来想去，还是没有想明白，我只是一只流浪猫，对人类复杂的情感关系妄加揣测，也实在是自不量力。俗话说："两口子吵架，狗都不理。"猫也同样不想理睬他们。

虽然他们没有结婚，还称不上两口子，不过我仍希望他们能够幸福和睦，我也希望他们能一直做我的供餐员。

话说回来，我今天还没有吃过东西，不过我一点儿也不饿，不知是因为思虑过度，还是因为身体状况不佳。

尽管如此，夏目小姐为何不再来这里给我送吃的，仍是个未解之谜，我带着这个谜团结束了今天的忙碌。

她为什么还不来找我呢？我已经等得不耐烦了，等得疲惫不堪了。

我四仰八叉地躺下，放松身体，不知不觉地睡着了。

9. 我讨厌人类

我做了个梦。

我梦到了自己小时候的事。有人硬生生地把我从妈妈身边抢走，我被带到了一个陌生的人家。我从笼子里一出来，就吓得藏到沙发底下,不敢出来。

"从今天起,这里就是小黑的家啦!别怕,快出来!"

一位上了年纪的妇人趴在地板上,关切地看着我。她拿着准备好的牛奶和猫玩具,想引起我的注意,而我却一直"喵呜、喵呜"地叫着。

"把我送回妈妈那里去!把我送回猫群里去!我讨厌人类!非常讨厌!"我那时的叫声就是想表达这些意思。

我叫累了,迷迷糊糊地睡着了。醒来时,我发现自己正被那位老妇人抱在怀里,我觉得全身暖暖的,就像依偎在妈妈的身边。

我无意识地不断用前爪推按老妇人的身体,就像在揉摸妈妈的乳房,可是没有奶水出来。不对,她不是我的妈妈!

我的鼻子在老妇身上蹭来蹭去,左嗅嗅,右闻闻,我没有闻到妈妈的气味,反而闻到了一股怪味。我伸出利爪,向老妇人抓去,她疼得叫起来:

"哎呀!怎么了?你不高兴了吗?"

后来我才知道,那股怪味是渗入衣服里的防虫剂的气味,但当时我以为那是日渐衰老的老妇人身上特有的奇怪味道。

"来,让我抱抱!小黑,来!"

一个背着双肩书包的少女把我抱了起来,她抱我的方式让我觉得十分不舒服,我的腿悬空着,无处安放。要抱我就好好抱呀!我"喵呜"地叫了一声,表示抗议。

"它跟我说话啦！真可爱！"

不知轻重的少女猛地抱紧我，还鲁莽地把脸蹭上来，我嗅到一股甜甜的味道，这感觉不坏。

"别毛手毛脚的，手上轻一点儿！"

少女听到老妇人的提醒，哼了一声，把脸转向另一边。

"小黑不喜欢婆婆，只喜欢我，对吧？"

少女抛过来的这个问题，我实在很难回答。如果我发出"喵呜"的声音，给她一个肯定的回答，少女会高兴，但老妇人会伤心；如果我不回答，少女又会难过，我真不知如何是好。

无奈的我只好从少女怀里挣脱出来，跑到喂猫的牛奶盆旁。

"它是说它最喜欢牛奶，真是只小馋猫！"

少女笑了起来。还好，没事了，看来没惹恼她。老妇人独自居住在这个房子里，少女会不时地过来玩，她俩都很宠爱我，不管我做什么，她们都一个劲儿地夸我可爱。

老妇人的家里有长廊和院子，我住得很舒服，伙食也不错，这是个很理想的住所。

那时我想，就这么跟人类一起生活下去也不错啊！可是突然有一天，宁静的生活被彻底打破了。

那天我从睡梦中醒来，突然发现家里变得十分混乱，本该在柔软的沙发上睡觉的我，不知什么时候被装进了笼子。屋里空空荡荡的，老妇人和少女都不在。

我拼命地撞击笼子，想从笼子里出来。撞坏笼子的门后，我跑了出来，溜到了屋子外面。我平时经常玩耍的院子里此刻一个人也没有。

我跑到大街上四处寻找，也没找到老妇人和少女。

在小巷里，我被一只从来没见过的流浪猫盯上了，他不断地向我发起攻击，东躲西藏的我渐渐地迷失了方向，我找不到回家的路了。

就这样，我变成了流浪猫。

我也因此而讨厌人类。

如果我当时的主人对我不好，现在的我也不会感到如此孤单。

有时候，我太讨厌令我如此孤单的人类了！

在梦中，年幼的我哭个不停。

我几乎忘了，我以前是讨厌人类的！和人类在一起，我最终会被抛弃，最终会被忘记！如果最终会被抛弃、被忘记，那么从一开始就不要给我那么多快乐，不要让我有那么多期盼！

傻猫才相信人类！

如果没有那么多期盼，我现在也没必要再去寻找夏目小姐了。

想到这里，我从梦中醒来。

10. 我等得不耐烦了

我一抬头,发现公园一角的小长椅上坐着一位老婆婆,她就是在那座独门宅院前被女高中生埋怨过的那位徘徊的老人。她穿着一身睡衣,安静地坐在那里。

我的记忆突然苏醒,莫非梦中紧抱着年幼的我的就是这位老婆婆?她和我记忆中的前主人长得很像,但我在她的身上嗅不到我那前主人的气味。突然,我觉得头很痛,脑海中的记忆模糊起来。

"小黑,回家吧!"

老婆婆的声音微弱且沙哑,像是在自言自语。老婆婆现在不应该关心我,而是应该自己先回家去。我环顾四周,没发现上次那个照顾老婆婆的女高中生。

我没看到女高中生,却见到了上次的那对少年男女,就是企图把小白猫带走的那两个小鬼。戴眼镜的少女在花坛四周找来找去,戴帽子的少年则赌着气,站在原地不动。

"一起找嘛!"

"不管!你爱怎么找就怎么找!"

"你扔完罐头不就不见了?"

"烦死了!没在这儿不就没事儿嘛!"

"那可不一定!你不帮忙找,从明天开始,我就不给你作业看了!"

少年无可奈何地和她一起找了起来。

少女问老婆婆：

"您见过住在这里的猫吗？"

老婆婆指指我，我赶紧藏到花坛后面。两个孩子探头探脑地看着花坛四周，这儿只有我，没有其他的猫。他们没发现想找的小白猫，少年咂着嘴说道：

"这里根本没有我要找的小白猫！你少骗我！"

这时，女高中生走进公园。她看见老婆婆，脸上露出释然的表情。

"婆婆，别再闹了！您怎么老是这样？婆婆，您想去哪里呀？您就那么讨厌在家待着？婆婆，怎么了？"

老婆婆歪了歪头。

"我听见小黑叫我了，'喵呜、喵呜'地叫我，跟那时候一样，它是不是迷了路，回不了家了？"

"我不是早说了吗？小黑已经没了！您怎么老编瞎话呢？您不要再让我担心了！"女高中生哭丧着脸说道。

老婆婆微笑着从长椅上站起来，与女高中生一起走出了公园。

少年见状骂道：

"什么玩意儿，骗人的老太太！"

"不许说那种话！"

"你少给我下命令！"

少年不耐烦地在公园的草丛里、长椅下仔细寻找小白猫。从少年牢骚不断却又不得不帮助少女这点来看,他似乎受制于少女,是不得已而为之。

"那家伙去哪儿了呢?"

他好像还不死心。他们太不像话了!小白猫早就不在这里了,让他们失望了!绝对不能让小白猫落入残暴少年之手!我要阻止他们!

"咱们特意送吃的来,小白猫竟然不在!"

少年把手里的猫罐头扔到地上。

"真要命!你又这样乱扔东西!再打着人可怎么办?"

少女捡起滚落在草丛里的猫罐头,少年扔罐头的方向再稍偏一点儿的话,说不定罐头就会打到我。

这家伙果然残暴,一遇到不如意的事立刻大发脾气!决不能把小白猫交给这家伙!

看来最好再教训一下这个小鬼。我逼近少年,准备让他吃我一记猫拳。正准备发起攻击的我突然停下了脚步,我看见夏目小姐走进了公园。

你总算来了!我可一直等着你呢,我的供餐员!我都等得不耐烦了!你应该准备一顿豪华大餐来向我赔礼道歉!

我"噌"地竖起尾巴,向夏目小姐跑去。我"喵"地叫了一声,但夏目小姐没有理我,径直走了过去。她怎么了?她为什么无视我?这到底是怎么回事儿呢?

少女走近夏目小姐问：

"你知道那只小白猫去哪儿了吗？"

夏目小姐驻足看着少女。

少年也问：

"最近没见着那只小白猫，阿姨，你是不是把它带走了？"

夏目小姐一声不吭，盯着两个孩子看了一会儿，突然悲伤地哭了起来。

这两个小鬼，不仅对小猫粗暴，还把夏目小姐也弄哭了，他们到底想干什么？我真的生气了！我必须教训他俩一顿！几记猫拳不足以发泄我的愤怒，我要冲过去让他们尝尝猫爪的厉害！

我刚摆好进攻的姿势，哭泣的夏目小姐突然拉起两个孩子的手跑了起来。

他们要去哪儿？

夏目小姐的行为就是这么难以预料，她就是这样一个出人意料的姑娘！

我跟在他们的后面拼命追赶，狂奔的他们在一家宠物医院门前停下了脚步。

11. 我只有一条尾巴

无论是家猫还是流浪猫,猫最厌恶的地方无疑就是宠物医院了!

那里弥漫着难闻的气味,许多动物的体味混杂在一起,整个屋子臭气熏天,不仅如此,被带去宠物医院的猫和狗,还会无缘无故地挨上一针,被灌下难吃的药剂,甚至被推上手术台,这些都是令我们无法忍受的。宠物医院对动物来说是个非常可怕的地方。

夏目小姐和两个孩子冲进宠物医院的病房时,魔法使者正在里面等他们。

他们都低着头,注视着一只躺在床上的黑猫。黑猫的脑袋上缠着纱布,身上还插着管子。

那只躺着的黑猫不就是我吗?

那么,迄今为止一直在寻找夏目小姐的我又算是什么呢?

我看看玻璃窗,夏目小姐、魔法使者、两个孩子的身影都映在上面,唯独没有我的。

原来如此!

我本以为自己在寻找夏目小姐,实际上却是夏目小姐在生命的边缘寻找我。

我回头仔细想想,有些事就想通了。无论是在独门宅院还是在公园,本应看得见我的夏目小姐都对我视而不见,那对少年男女和女高中生亦是如此。

他们并非找不到我,而是从一开始就根本看不见我。

只有老婆婆能看到我,或许因为她也跟我一样即将死去吧!

迟迟不来的饥饿感和毫无理由的疲惫感,都是生命在弥留之际的感受。

我躺在床上,耳边放着耳机,这也一定是此前我总是听到那个大叔的声音的原因了。

床边有几个鼓鼓囊囊的垃圾袋,它们发出秋刀鱼的味道。夏目小姐把在那座独门宅院里收集的有秋刀鱼味的空气放到了这里面。

原来,刚才的一切都是我的回忆和我弥留之际的幻想啊!

我保持着卧姿,身旁放着猫罐头,那猫罐头跟我平常吃的不太一样,那明显是价格比较贵的猫罐头。我想起我最后吃的那顿美味绝伦的猫罐头。

我终于明白了,那天我就是在公园等夏目小姐,我为什么会把她给我带来的大餐忘掉呢?

跟往常一样,那天晚上,我回到小公园等夏目小姐来给我送吃的,坐在小公园的花坛旁边等夏目小姐,是我每天必做的事。

我缓缓地摆动着尾巴解闷,小白猫在我旁边,扑打着我的尾巴和我玩,我们经常这样一起做游戏,然而,这安逸的时光突然结束了。

那两个小鬼来了。跟上次不同,夏目小姐此刻不在,我必须单枪匹马地保护小白猫,于是我竖起全身的毛,试图吓退他们。

"滚开,你这个丑八怪!你吓唬谁呢!"戴帽子的少年冲我吼道。

这家伙竟敢说我是"丑八怪"!夏目小姐还夸我"酷"呢!

由于我的阻拦,少年无法接近小白猫,他暴躁起来,旁边戴眼镜的少女拉了拉他的衣服说:

"咱们快去补习班吧,迟到又要挨骂了!"

"要去你自己去!"

少年的眼神里满是执拗,是什么令他不肯舍弃这只小白猫呢?我百思不得其解,但我不可能将小白猫交给这样性格暴躁的少年。

"你真碍事!我说了叫你滚开!"

少年把猫罐头砸了过来。那罐头本来应该是砸向我的,可少年的方向控制力太差,猫罐头径直向小白猫飞去。

小白猫吓得僵在原地,我急忙冲过去护住它。可是我的运气太差,猫罐头砸中了我的脑袋,我倒在地上,身子动不了了。

"怎么办呢?黑猫不动了!"

"不……不管它!是它自己撞上来的,不是我打的!"

"老爸,疼吗?"小白猫哭喊着叫道。

"快跑!别再来这里啦!"

"可是老爸……"

"我说过了,我不是你老爸!快跑!"

"我不想扔下老爸!"

"被坏蛋盯上就完了!你快跑!别再回来了!"

看着小白猫跑远,我闭上了眼睛。

我的脑袋一跳一跳地疼。

我就这样躺着,也不知过了多久。

"这个时间还睡觉可真少见!"

夏目小姐冲我嚷嚷,她的声音充满了愉悦。

"你看,我今天豁出去啦!"

我微微睁开双眼,看到了眼前闪着金光的猫罐头。

她的彩票中奖了吗?

我光是闻味儿就知道这猫罐头有多好吃了。要给我吃这样的美味佳肴,你应该早点儿来啊!

那样就能让那小丫头也尝尝了。想到这里,我挣扎着想要站起身来,可身体纹丝不动。

"你怎么了?"

夏目小姐抚摸着我的身体,吃惊地盯着我。

身穿天蓝色连衣裙的夏目小姐看起来非常漂亮,她一定是用心打扮过了。

笑眯眯的夏目小姐突然哭了起来。

她怎么哭了?我喜欢的可是夏目小姐的笑脸啊!

拜托,别哭!笑一笑!

再往后的事我就不记得了,我又昏了过去。

我最终也没能吃上那顿大餐,都怪那个小鬼!

从那以后,我的记忆更模糊了。

寻找夏目小姐的日日夜夜或许只是我的幻梦。

现实中的我躺在床上奄奄一息,脑袋上缠着纱布,身体动弹不得。

"我觉得它很碍事,我生气了,就把猫罐头砸了过去。"

站在床边的少年哭着,低下了头。

"以前我和朋友在学校里养过一只小猫,这只小白猫和我们养过的那只小猫很像。后来,朋友转校,小猫也不见了,我跟朋友说好了,我一定要找到它。因为我再也见不到那位朋友了,所以我就想一定要把那只小猫找到,一定要养好小猫,没想到弄成这样。对不起!真对不起!"

这算什么呀!他难道不应该正儿八经地道个歉吗?这种事绝不能再干了!以后也要善待别的猫啊!我打算"喵"地叫一声,表达这个意思,却发不出声音来。

夏目小姐替我对少年说:

"咱们说定了,以后不准再干这种狠心的事儿了!"

"好,说定了!"

"你也要好好对待其他的猫!"

"我会好好对待所有的猫!"

"好,那你们就和好吧!"

夏目小姐让少年握住我的前爪,做出握手的样子。虽然我没有"喵"地叫出来,但我想说的话夏目小姐已经全都替我说了。此刻的夏目小姐仿佛知道我想说的所有的事。

"你又保护了那只小白猫,谢谢你!"

夏目小姐轻柔地抚摸着我的身体。不用道谢,我只是做了我该做的事。

不过我做得可不怎么漂亮啊!瞧我这副惨样!

我会就这样死去吗?

我很想跟夏目小姐这样的人一直在一起。

"喂,别乱跑!"

兽医慌张地冲进屋子。为摆脱兽医的追赶,小白猫跳到了床上。

"老爸,你不能死啊!"小白猫"喵呜、喵呜"地叫着。

"我都说了,我不是你老爸!"我想这样纠正它,可我仍发不出声。

夏目小姐紧紧抱着我,泪如雨下。

"可不希望你就这么死了啊!没有你,我不可能跟前辈在一起啊!我怎么谢你都谢不够,我还没有报答你呢!我想请你参加我的婚礼,以后搬了家,我还想和你一起住呢!"

我做梦都想不到夏目小姐竟然这么重视我,身为一只猫,我可真幸运啊!

"我可不想让你就这么死了啊!"

我也不想!我以前说我讨厌人类,其实是胡说。

我真心喜欢夏目小姐。

我真心喜欢夏目小姐紧紧抱着我、轻轻抚摸我的感觉。

我不想就这么完蛋了。

"喵——"

咦?刚才声音没发出来?再试一次!

"喵——"

哦!我果然叫出声了!

"太好啦!真是太好啦!"

夏目小姐、魔法使者、那对少年男女、小白猫和兽医都转悲为喜。

我也高兴坏了。你们别哭啦!笑笑吧!

可能大家还不知道,我最喜欢夏目小姐的笑脸了。

我觉得夏目小姐非常有趣,我以陪伴她为乐!我要快点儿精神起来!

请大家尽情地笑吧!俗话说得好,笑口常开,幸福常来!

我是一只猫,不久前还是只流浪猫。

现在我跟夏目小姐住在一起,我被收养在那座有长廊和院子的小小的独门宅院里。夏目小姐的孩子马上就要降生了,好像是一对双胞胎,到时候,家里应该会相当热闹。

上次跟魔法使者在一起的那个孕妇是夏目小姐的姐姐,她的孩子出生后,她常带孩子来找夏目小姐玩,还送来许多闲置的婴儿用品。

刚开始,我还以为那些玩具是给我玩的,谁知我一碰那些玩具,就被夏目小姐训了一顿。其实我只是想试一试躺在那个放玩具的瓦楞纸箱里舒服不舒服,结果出乎意料,那里面竟然非常舒服。

我的尾巴只有一条,怎样才能同时逗弄双胞胎呢?这是我最担心的问题。

不过,所有困难都会过去的!我一定有办法解决这个问题!

那可是继承了夏目小姐血脉的孩子们啊!无论我怎么做,他们都会喜欢我的。我们会幸福地生活在一起。

我已经迫不及待地想见到他们了!

我是猫，却有一对人类弟妹

1. 我对着彩虹许愿

一个夏天的傍晚，夏目小姐生下了一对双胞胎。

那天，晴朗的天空突然下起了小雨，这大概就是所谓的太阳雨吧。天降祥瑞，我想双胞胎大概快要降生了。

那场雨虽然说不上是倾盆大雨，可雨量也不小。夏目小姐喜欢听雨声，但我不怎么爱听。雨这玩意儿是个大麻烦，被雨淋湿之后，毛发会湿漉漉地贴在身上，很不舒服。在冬天里，一场冰冷的雨有时会夺走流浪猫的生命。我很庆幸，我已经不是流浪猫了。我现在跟夏目小姐住在一起，不管外面的雨下得多大，都跟我没关系。只要我不在雨天外出，我的毛发就不会湿。

不过人类就另当别论了。如果下雨天没有收起晾在院子里的衣服，衣服肯定会被打湿。现在夏目小姐晾晒的衣服还晾在院子里。

怎么办？我回头看去，只见夏目小姐在沙发上小睡，电视开着,看来她一时半会儿不会醒。

至于我的魔法使者,他大清早就把自己关在二楼的房间里,这会儿应该在全神贯注地制作他的塑料模型吧。

塑料模型是夏目小姐送给他的生日礼物,他从昨晚开始就一直跟我炫耀那个机器人模型,开心得不得了。机器人的性能多好啦、色彩多艳丽啦、造型多炫酷啦,他讲了一大堆,我也听不懂。

我知道客厅里放置电视机的架子上摆放着好几个外形极其相似的塑料模型,这些东西究竟有什么用,我却无法理解。对我来说,它们就是我理解人类行为的障碍,没办法,我的理解能力仅限于此。

魔法使者一定非常喜欢夏目小姐送给他的塑料模型,今天是周末,他却起得比平时还早,一起床就开始研究他的塑料模型。看那情形,他一时半会儿是不会从房间里出来的。

我本不想让挺着大肚子的孕妇起来给我准备饭,但为了解决当前的问题,我还是就近寻求帮助吧!

打定主意后,我跳上沙发,凑近夏目小姐"喵喵"地叫了几声,见她没反应,我便用前爪在她的脸上轻轻蹭了一下。

被惊醒的夏目小姐揉了揉惺忪的睡眼,看着我问:

"到吃饭时间了吗?"

"吃饭时间还没到,但是出事了!你瞧外面!"我"喵喵"地叫着,想表达这些意思。

为了将夏目小姐引出去,我跑到门口。夏目小姐可能还没睡醒,她从沙发上站起身时,腿碰到了桌子。

"好痛!"夏目小姐手撑着桌子连连喊痛。

"快走!来不及了!"我"喵喵"地催促道。

"别催啦!真是的,我的腿都撞青啦!"

"是你自己不小心,可怨不着我!你装生气也没用!"我心里这样想着。

看来她还没有明白我的意思。既然语言不通,我就用行动来表达我的意思。我跑到窗户边又叫了一声。

"啊,不会吧!"

夏目小姐看到外面在下雨,总算弄清楚了状况。她拉开大拉门,来到院子里。

"哇,怎么偏在我忘了收衣服的时候下雨呢?真要命!"

夏目小姐一边发牢骚,一边收衣服。她收完衣服,回到长廊里,抬头望着天空。

"大晴天却下起雨,难道是狐狸要出嫁①了?"

在人类的民间传说里,狐狸出嫁就会出现这种天气。可我再怎么朝外面张望,也没有看见身穿白色礼服的狐狸列队走过。

我突然发现,天空中出现了一道神奇的光带。

"哇,好漂亮的彩虹啊!"

---

① 在日本民间传说中,狐狸出嫁就会在大晴天下雨。

光带在天空中生成了两道彩虹。

"天空中同时出现两道彩虹,这可真是罕见啊!一定会有好事发生的!对了,我要赶紧许个愿!我希望宝宝健健康康的!"

夏目小姐闭上眼睛开始许愿。

我听说过对着流星许愿,愿望会实现。对着彩虹许愿,愿望也会实现吗?我搞不太明白,不过夏目小姐许愿时的样子非常虔诚。

在我这只猫的眼里,彩虹这东西既不能吃又不能用,我不喜欢这种没有使用价值的东西。

不过既然夏目小姐相信彩虹会帮助人们实现愿望,那我也没必要不相信。身为被夏目小姐收养的猫,我愿意相信主人相信的事情。

我模仿夏目小姐双手合十的样子,抬起了两条前腿,全凭后腿支撑着身体。我的身体摇摇晃晃的,有些掌控不了平衡。

"哎呀,你也在许愿吗?"

光靠许愿就能保证夏目小姐的孩子顺利出生的话,我很愿意为她许这个愿。我"喵喵"地叫了几声,向彩虹许下心愿,我希望孩子们平安降生。

"你还会给我带来好运的,我一定能生下健康的宝宝!"

夏目小姐刚说完,就突然蹲下了。她捂着肚子,脸上露出痛苦的表情,额头上渗出了豆大的汗珠。

"好痛!"

糟糕！我慌忙向二楼跑去,去找魔法使者。

平时他在房间里制作塑料模型的时候,我都不会去找他,因为塑料模型有股奇怪的涂料味,那味道若是沾在身上,好长时间都散不掉。

但是现在夏目小姐有危险,我必须义无反顾地向前冲。我忍着刺鼻的气味,在门外大叫了好几声。

魔法使者终于打开了门,他探出头来问我：

"怎么啦？到吃饭时间了吗？"

两口子连台词都一样,他们可真是从容啊！

"夏目小姐遇到麻烦了！快跟我来！"

我急促地叫着,冲下楼梯。

"出事了？不会吧！"

魔法使者也觉察到了我怪异的神情,慌忙跟在我后面跑下来。由于用力过猛,他跑到楼梯最后一阶时,脚下一滑,摔了一跤。

"好痛啊！"

他老是这么慌里慌张的,和夏目小姐可真是像,这大概就是所谓的"不是一家人,不进一家门"吧！难怪他们感情好。

魔法使者揉着屁股穿过客厅,看到了蜷缩着的夏目小姐,他跑过去问：

"你怎么样？"

"你能叫辆出租车吗？"

"我马上去！"

"东西在屋里……都收拾好了……"

"稍等，马上就好！"

魔法使者慌忙打了个电话，然后手忙脚乱地收拾东西。出租车在大门口停下，两人听到引擎声便走了出去。

家里只剩下我自己。

空无一人的房间里静悄悄的，偶尔独自在家待着也不错。

可过了一会儿，我就觉得好像缺了点儿什么。

墙上挂钟的指针嘀嗒嘀嗒地走着，那声音听起来仿佛就在耳边，冰箱也不时传来嗡鸣声。就连这些微小的声音都听起来特别响，可见屋里安静到了什么程度。

家里竟然可以如此安静！

待在如此安静的房间里十分无聊，我从什么时候开始这么害怕孤单了呢？

都怪夏目小姐和魔法使者，是他们又把我从流浪猫变成了家猫。

我猛地想起刚被带进这个家时的情形。

那是我恢复了意识又能自己进食之后的事。正寻思着夏目小姐和魔法使者是不是该来宠物医院接我出院了的时候，我被装进了笼子。

他们带我住进这座独门宅院。可能他们刚搬来没多久吧，房间里堆放着一些小包裹。与外面广阔的天地不同,这个充满陌生气味的房间着实令我不安,在嗅不到自己的气味的地方,我总是感到很不安。

我在房间各处转悠了一会儿,初步检查了一下,确定这里没有潜伏着的危险事物、没有被其他动物攻击的可能之后,我稍稍放松了一些。为我自己的安全考虑,我钻到了沙发底下,藏了起来。

新环境带来的不安总使我忍不住想躲起来,这大概是猫的习性,即使上了年纪也无法改变。我一动不动地静卧片刻,不安的心平静了下来,沙发底下这种狭窄幽暗的地方更能给我安全感。

我听了听外面的动静,夏目小姐正在跟魔法使者说话。

"给他取个什么名字好呢?"

"叫他什么好呢?"

他们好像在讨论给我取名字的事,这也不好,那也不行,他们你一言我一语地说了不少候选名字。

"叫它'小黑'怎么样?"

好耳熟的名字!我不由自主地"喵"地应了一声。

听到我的叫声,夏目小姐和魔法使者向沙发下窥探。

"它刚才回应我们了?"

"它好像是回应我们了!"

"再叫一声试试!"

"小黑！"

他们要干什么呀？没什么事儿，就别一遍遍地叫别人的名字！我"喵"地叫了一声，算是又回应了他们一次。

"它真的回应我们了！"

"就这样吧，咱们就叫它'小黑'吧！"

就这么一来二去，我的名字确定叫"小黑"了。因为我是只黑猫，所以叫"小黑"，这真是一个毫无想象力的名字！不过每次被他俩叫到名字，我心里都暖烘烘的。被自己所爱的人呼唤，再普通的名字听起来也十分特别。

"小黑快出来！"

"有美食和玩具哟，快来！"

我出来，不是因为他们叫我的名字，是因为我被美食和玩具吸引。我这么想着，"喵"地叫了一声，从沙发底下钻出来，跑到他们身边。

从这天起，我成了夏目小姐家的猫。

因此，他们有义务让我永不孤单。彼此陪伴，是宠物和主人之间非常重要的约定，必须要遵守。

当然，他们也必须保证即将到来的双胞胎健康平安。

要是再让我孤苦伶仃，我绝不会轻饶他们！想到这里，我"喵"地叫了一声，没人搭理我。

他们什么时候才能回来呢？孩子顺利出生了吗？

我心神不安地在屋里走来走去，我的肚子咕咕叫起来。

糟了！我忘记让他们准备猫粮了,我现在才想到这些,已经来不及了！

"小黑,对不起,肚子饿了吧？"

魔法使者回来的时间比我想象得稍微早一点儿。

听说夏目小姐到医院后很快就生下了双胞胎,分娩顺利得连医生都感到惊讶。不愧是夏目小姐的孩子,连出生都如此令人称奇。

正因为这样,魔法使者才能这么快回来,给我拿猫粮吃。当然,为庆祝双胞胎顺利降生,魔法使者开了一罐非常高级的猫罐头给我吃。

夏目小姐能够平安顺利地生下双胞胎,也有我的功劳,是我察觉到夏目小姐要临盆了并跑去报告魔法使者的,这高级的猫罐头我受之无愧。

做了好事后,吃到的饭更加香甜可口,既然作为奖励的猫罐头这么好吃,那么偶尔做一些好事也不错！

从今往后,我可以将座右铭定为"一日一善"了,不过说不定我明天就把这件事给忘记了。

就这样,我有了一对人类弟弟妹妹。过几天双胞胎回家,我得有个做大哥的样子。

2. 我可没欺负他们

夏目小姐在医院里住了几天之后,便跟孩子们一起回来了,家里顿时乱成了一锅粥。

双胞胎一哭,两口子就手忙脚乱。他们是要吃奶,是要撒尿,还是要拉屎?夏目小姐和魔法使者为探明孩子哭闹的原因,总是反复进行着纠错试验,直到孩子们停止哭泣,他们才弄明白孩子们啼哭的原因。人类既解读不了猫的语言,也解读不了人类婴儿说的话,有时候他们只能依靠自己的想象力进行沟通。

人类的婴儿虽然是小生命,但是他们的体形可比小猫大多了。夏目小姐的两个孩子刚出生,体形就和我差不多大了。这是为什么呢?我百思不得其解。夏目小姐的肚子里竟然能装下这么大的两坨肉,这真令我震惊。人类母亲真是不容易!

顺便说一句,夏目小姐生下的双胞胎是一男一女。哥哥长着一张酷似妈妈的可爱小脸,妹妹长得像爸爸,看起来很严肃,似乎在生气。

来道喜的客人们都说,两个孩子的长相要是反过来就好了。说这些话也没有什么用,如果母亲能决定孩子的长相的话,世间所有的孩子都变成帅哥美女了!

这些道理大家都懂,可是他们看到这对双胞胎的相貌有这么大的反差,都忍不住说出了心里话。

这对双胞胎现在还是婴儿,相貌丑俊其实不太重要,他们就像长了毛的小猴子,看起来没有太大的差别,他们现在能做的只是哭闹、吃奶和睡觉。

不过我想到这对双胞胎长大后要面临的事情,就觉得有些发愁了,毕竟相貌在一定程度上会影响人的生活。虽然我这么想纯属瞎操心,但我还是忍不住为长着"凶相"的妹妹祈福,希望她以后能够幸福。

不过我转念一想,既然夏目小姐愿意和一脸"凶相"的孩子爸爸在一起,那么也就一定会有喜欢"凶相"女孩儿的男孩儿。

小妹妹也一定会迎来春天的,不到最后关头绝不能放弃!我"喵喵"地叫着,发表我的观点,小妹妹"嘎嘎"地笑开了花。虽然人和猫在沟通上存在障碍,不过我对小妹妹的支持和祝福,她应该都能明白。

"用不着担心,我是你们的大哥!无论何时,我都会在你们的身边支持你们!以后你们有什么烦心事儿,尽管来找我商量!"想到这里,我又"喵"地叫了一声,这回小哥哥看着我得意地笑了。

这对双胞胎非常聪明!他们反应这么快,今后好好教一教他们,说不定他们能听懂猫的语言。我作为兄长,一定要把对他们有好处的东西教给他们!看来我要忙起来啦!

因为猫经常睡觉,所以在日本民间,猫又被称为"寝子[①]",而婴儿也是经常睡觉、经常啼哭的生物。

如果因为猫经常睡觉就把猫称为"寝子",那么为什么不把经常啼哭的婴儿称为"泣子[②]"呢?

其中的原因我不得而知,人类总能找出适当的理由为自己的行为辩解,空想徒劳无益,与其花时间去思考没有答案的问题,不如去睡一觉,做个天上掉下猫罐头的美梦,也许那样做更有意义。

今天也一样,从早上开始,那对双胞胎就精神头儿十足。突然,一个孩子哭起来,另一个也被带着哭起来,乍一听,就像青蛙二重唱。

每当这种时候,要么夏目小姐过来给他们喂奶,要么魔法使者扮鬼脸逗他们开心,要么夏目小姐和魔法使者两个人一起给他们换尿布,忙得不亦乐乎。

双胞胎放肆地哭闹,他们的父母被他们一点点地榨干体力,没了精神。婴儿的哭闹不分早晚,而且通常来得很突然,他们的父母晚上几乎无法安睡。这段时间,夏目小姐和魔法使者都睡眠不足,整日哈欠连天。

小猫的叫声通常音量比较小,不算太吵闹,而人类婴儿的哭

---

① 寝子:"寝子"意为"睡觉的人",日语中"猫"的发音与"睡觉的人"发音相近。
② 泣子:"泣子"意为"啼哭的人"。

声却十分响亮,小猫的叫声根本无法与之相提并论。我也和夏目小姐他们一样,半夜经常被婴儿的哭声吵醒,这让我很头疼。婴儿太吵的时候,我就躲到别的屋里或跑到外面去,而他们的父母不能这样做。他们的父母实在太辛苦了。

我刚到这个家的时候,夏目小姐和魔法使者总能抽出不少时间来照顾我,而双胞胎降生后,他们的心思都在孩子们身上,照顾我、陪我玩的时间就少了。他们虽然很疲惫,但是也无可奈何。

他们不像以前那样陪我玩了,有时甚至忘记给我准备猫粮。每当这时,我就会发出低沉绵长的嘶吼声来表达我的不满。如果我这么做还是不能让他们觉察到自己的过失,那我就不停地踢打盛猫粮的碗,发出刺耳的声音,以此来催促他们。

我希望他们每天都能精神头儿十足地做我的供餐员。我也不愿意过分批评疲惫不堪的人,可我也是个活物,不吃东西会死掉!因此,只有在他们彻底忘记给我饭吃的时候,我才狠下心来催他们。

我知道光发牢骚是没有用的,所以我也想在他们忙得不可开交的时候帮点儿小忙,比如哄哄那对双胞胎。

我轻轻摇动尾巴,他们愣愣地看着,然后突然笑起来,而下一秒小哥哥却突然大哭起来。

人类的孩子怎么这样?真是不可理喻!他根本就没有大哭的理由啊!

为表示歉意,我姑且将前爪的肉垫轻轻贴到他的小脸上。小哥哥一脸惊讶,止住了哭声。看来婴儿一次也只能思考一件事,只要别的事情吸引了他的注意力,他就立刻忘记哭泣,安静下来。

我刚哄好了小哥哥,小妹妹又突然哭起来。好不容易止住哭声的小哥哥又被带哭了。二重唱又开始了,我彻底没办法了!

正在洗碗的夏目小姐与魔法使者听到双胞胎的哭声慌忙跑过来。他们一人抱起一个孩子,一直不停地哄,直到他们停止哭泣。为人父母真不容易呀!

夏目小姐盯着我说:

"你是哥哥,可不能欺负他们啊!"

她这话太没有礼貌了!我可没欺负他们!

我只是在训练他们辨别尾巴的动向,我这样训练他们,也是希望他们以后能够顺利地捕捉猎物。我"喵"地叫了一声,试图这样解释一下,可惜夫妻俩都不理解我。

魔法使者摸着我说:

"我想,小黑是想哄孩子们玩呢!"

不愧是我的魔法使者,我的所思所想他都知道!

"小黑好像经常在我们忙不过来的时候陪孩子们玩呢!"

魔法使者说得对!他应该多说点儿类似的话给夏目小姐听听!

夏目小姐看看我,脸上露出歉意,她双手合十道:

"小黑，真对不起，我刚才误会你了！以后也请你多多关照！"

我真拿她没办法！她给多少吃的我就帮多少忙吧！我只是为了有饭吃才帮忙的，可别误会啊！

我"喵"地叫了一声。

夏目小姐和魔法使者做完家务后，就趴在床边一动不动地盯着床上的双胞胎，他们似乎在欣赏孩子熟睡时的小脸。

这对父母望着他们的双胞胎孩子，脸上洋溢着幸福的微笑，仿佛所有的疲惫都烟消云散了。

婴儿熟睡时的小脸仿佛有魔力，它可以使父母恢复体力！他们先将父母的体力耗光，再使其逐渐恢复，如此周而复始。孩子们就是这样长大的，这就是人类的神秘之处。

魔法使者碰了碰孩子的小手，孩子握住了他的手指。见此情形，夫妻二人高兴得不知怎么办才好。

"他们做出的所有表情都好可爱啊！"

"是啊，他们哭起来像小怪物，乖乖睡下后就像小天使！"

婴儿是怪物还是天使我不得而知，在我看来，两个睡着的孩子就像两个暖暖的肉块。冬天代替被炉暖被窝儿温度正合适，但现在是夏季，天热得让人难受，等到了寒风凛冽的季节，我就把他们当暖炉用。

"看着我这张脸能笑出来的婴儿，只有咱家这俩孩子啦！"

"谁叫他们是我们的孩子呢！"

你们两口子倒是挺甜蜜快活的,可是你们是不是忘了点儿什么?

我走到盛饭的盘子前,抬头瞥了他们一眼,然后用低沉绵长的声音叫起来。夏目小姐尖叫一声,向存放猫粮的架子跑去。

"都这个时间了,还没给你准备吃的,实在对不起!对不起!"

夏目小姐想表达自己的歉意,她打开了一个比平时稍贵一些的猫罐头,倒进盘子里。

在劳动与忍耐之后吃到的饭特别香,尽管比不上流浪猫时代饿得快死掉时吃到的东西香,但是这种饭也有一种特别的味道。为了表达对她的谢意,我把盘子里的饭吃了个精光。

我吃完饭,一抬头,发现两口子还守在双胞胎床边欣赏孩子们熟睡时的小脸。幸福快乐比什么都好,不过拜托二位偶尔也想想我啊!

在双胞胎长大之前,他俩肯定还会一次次地忘记给我准备吃的,身为兄长,我只能忍耐了。忍耐之后吃到的饭菜美味度会增加两成,我打算找时间把这个发现告诉弟弟妹妹。

3. 我在观察访客

夏目小姐和那对双胞胎回家后,除了孩子的啼哭声,还带来了另外的问题——接踵而至的访客们。

他们大老远跑来，就是为了见一见这对双胞胎并聆听他们哭闹时发出的噪音。他们真是一群闲人啊！

说实话，我不太喜欢家里有陌生人，但既然我现在是被夏目小姐收养的家猫，我也只能任由客人们来来往往了。

虽然我可以在客人到访期间外出巡视我的地盘，但是万一来者是欺负夏目小姐一家的坏蛋呢？为弄清楚客人是否危险，我会观察他们一段时间，以确保夏目小姐一家的安全。

多数客人都会带来礼物，大部分礼物都是给双胞胎的衣服和食物，对我基本没什么用。

不过偶尔也会有好心的客人为我带来猫粮和猫零食，这样的客人离开时，我都会很隆重地将其送至玄关。我也是一只很有礼貌的猫！

见到平常根本不听自己话的对象稍作让步，人们马上就会大喜过望；见到看似凶恶的人做了好事，人们马上就觉得此人心地善良。这种反差表现出人性妥协的一面，人们真是太好对付了！从战略视角看，人类是一群无趣的对手，相比之下，追求母猫更有挑战性。可惜，追求母猫跟前不久被迫做了去势手术的我已经没关系了。

魔法使者的妹妹和夏目小姐的弟弟今天来夏目小姐家玩。今天来的这两位访客性格比较极端，一个属于访客中最好对付的类型，另一个属于访客中最不好对付的类型，他俩属于性格截然不同的两种人。魔法使者的妹妹比较好对付,夏目小姐的弟弟不太好对付。他们都是学生,趁现在是暑假,到夏目小姐家里来玩。

　　魔法使者的妹妹不光给双胞胎带来了许多礼物,也给我带来了不少礼物,似乎连最近流行的管状猫零食——猫条都带来了,她真是一位大方的客人。如果以后她再能给我带四五次猫零食来,我会称她为魔法使者的妹妹小姐。

　　魔法使者的妹妹观察了一会儿双胞胎后,便把我抱上膝头,挠我的头和喉咙。

　　"我还以为这只猫是纯黑色的,但是在阳光下它的毛是深棕色的,而且很有光泽,像天鹅绒似的,它的毛色很漂亮呀!"

　　魔法使者的妹妹抚摸猫的技巧跟她的哥哥一样高超,不轻不重,使我非常舒服。

　　"喂,这儿也挠挠!"我轻轻地叫着,翻身躺下。魔法使者的妹妹摸着我的肚子说:

　　"咦?你的肚子上面有块白色的花纹呀!"

　　魔法使者露出炫耀的表情对妹妹解释道:

　　"这好像叫'天使印记'!"

　　"天使印记?"

　　"日本古代有个传说,黑猫身上有白色花纹的地方是被神碰过的地方。古人狩猎时都会放过有白色花纹的黑猫,这种黑猫是很吉利的!"

"哦,是这样啊!竟然有这样的典故!"

在此之前,我也不知道自己竟是一只如此吉利的猫。小时候和母亲一起生活时,因为我的身上带有奇怪的白色花纹,兄弟们经常瞧不起我、嘲笑我难看。要是能回到过去,我一定得跟那帮家伙说一说白色花纹的典故,使劲儿显摆一下。

"我也有些相信这个传说了。我能和我太太结婚,多亏了这只猫!"

"既然这样,那我就多摸它一会儿,说不定我也能沾上好运气!"

魔法使者的妹妹挠得我非常舒服!她好像知道我身上哪些部位需要抚摸,非常懂我!她似乎对猫的穴位一清二楚,其抚摸猫的技巧也绝不在魔法使者之下。我的喉咙里不由自主地发出了呼噜声。

"你这样叫,一定是觉得很舒服吧。其实我也想再养一只猫,家里有只猫真好啊!"

据我所知,魔法使者的母亲家原来养了一只猫,后来那只猫死了,他们就没再养猫。

魔法使者说:

"那你就再养一只猫吧!"

"我也想养啊!可之前那只猫死的时候,妈妈不是难受了好长时间吗?她当时说,再也不想养宠物了。我就跟这只猫玩一会儿,过过瘾吧!"魔法使者的妹妹苦笑道。

原来是这样啊，那我就让你摸个够吧！当然，你带来的猫粮、猫零食要和你抚摸我的时间成正比，否则我可能会随时终止提供抚摸服务。如果你同意这个条件的话，我就让你随便摸。

我"喵"地叫了一声，表达了这个意思，尽管我不清楚她是否能听懂。

魔法使者的脸上露出了难过的表情，他大概是想起了死去的那只猫。

"你什么时候来玩都行。我们平时有些忙，陪它玩的时间不多，你来陪它玩，它一定很高兴！"

"哈哈，你给我出路费的话，我来多少次都行！我可以每月来、每周来！"

"哎呀，这就有些……你加上这么多条件，太让我为难了！"

"我是开玩笑的！你们这么恩爱甜蜜，我可不想经常来当电灯泡！"

魔法使者的妹妹笑着，拿起一根毛茸茸的逗猫棒，灵巧地挥舞起来，又过了一会儿，我们已经在开心地追逐嬉闹了。

她是个给猫挠痒痒的高手，用逗猫棒逗猫的经验十分丰富。逗猫棒摇晃速度的快慢，逗猫棒摆动幅度的大小、轻重缓急，她都掌握得相当到位，我甚至觉得魔法使者有必要雇她每天来陪我玩。

魔法使者的妹妹正在摆弄逗猫棒，突然，她停住了手，看着正在默契地准备饭菜的夏目小姐和魔法使者，她叹了口气说道：

"哥哥和嫂子真是恩爱,真令人羡慕!我可惨啦!工作没着落,对象找不着,我以前也不会把这些事放在心上,可是最近突然为这些事烦得要命!"

魔法使者听她说完,问道:

"咦?之前你不是说你有个搞乐队的男朋友吗?你们当时不是爱得死去活来吗?"

"早就散了……"

"为什么?"

"我们本来说好要一起搞个大型演出,可是他突然要西装革履地去找工作,我气坏了,马上就跟他分手了!"

"你这就有点儿过分了!大学毕业生去找工作是很正常的!"

魔法使者的妹妹恶狠狠地瞪着魔法使者:

"谁过分?他才过分呢!我们只是去参加比赛被淘汰了而已,他就立刻灰心丧气,真没出息!"

"这叫看清现实,或者说是知难而退……搞乐队需要艺术素养和机遇……"

"不光这一件事!他还说什么演奏很完美,被淘汰是因为我这个主唱的身材没有那个获胜乐队的主唱身材好,气死我啦!"

"这就太过分了!被淘汰是因为你的身材不佳?不是因为你的脸不好看?"

"你说什么?"

"呃,没什么。"

魔法使者又被他的妹妹瞪了一眼,脸上露出难以言说的表情,移开了视线。

她确实是魔法使者的亲妹妹啊,她的脸部线条虽然还算柔和,但是长相仍然属于"凶相"。尽管唱功与相貌无关,可身为乐队主唱,她确实少了些魅力。

"就算评委喜欢漂亮的主唱,也不能全靠主唱的外表来给乐队打分啊!太可恶了!"

魔法使者的妹妹越说越生气,她用力地上下摇动着逗猫棒。

"喂,别这样!这种玩法我可受不了!"我"喵喵"地叫着抗议。

我以前这么剧烈地运动过吗?没有,绝对没有过。我身体的潜力被她激发出来了,我的身体仿佛已不属于我自己了。

这个女人真是个逗猫的专家!

她这么会逗猫,让她逗一逗也不赖。再高一点儿!再远一点儿!我拼命地追逐着逗猫棒跳个不停。

太专注做某件事时,往往容易照顾不到周围的情况。此时的我就是这样,我玩得太投入,眼里只有逗猫棒了。

随着她的逗弄,我做出了几个前所未有的超级跳跃。我正沾沾自喜,不料意外发生了,由于用力过猛,我落下时被死死地卡在了沙发与墙壁之间的缝隙里。

"哎呀!你没事吧?"

魔法使者忍着笑把我救出来，在旁边看得真切的夏目小姐实在憋不住，笑得眼泪都流出来了。

你们够啦！我也不是为了逗你们笑才演砸的。

我若无其事地爬到猫爬架的最顶端，不痛快的时候，只要从这里往下看，我的心情就会舒畅很多。这种高高在上的感觉，也许他们永远都体会不到。

失去了游戏玩伴的魔法使者的妹妹扔掉逗猫棒，冲着天花板大喊：

"谁都不能指望！就算只剩我一个人，我也要登台演出！我要争口气给那小子看看！等我成名了，等我红得发紫了，那小子就会知道，他错过了一个美好的未来！"

魔法使者的妹妹似乎下定决心要一个人过下去了。

"那你就好自为之吧……"

魔法使者无奈地小声叹了口气。

4. 我想雇人陪我玩游戏

一个人的价值并非取决于其外表的美丑，但是不可否认，人们很多时候还是会靠自己的视觉感受来判断一些人和事。

要是人类也过着流浪猫那样的日子，我估计他们很快就会陷入险境，一命呜呼。我认为人类应该重视一下气味、声音等感官信息,因为他们不懂猫的语言,所以我无法把自己的建议告诉他们,他们也无法按照我说的来完善自己的行为模式。

人类重视外表的美丑,而猫更看重雄性是否强壮,雌性是否能生下健康的幼崽,而不是一味地苛求外表。

眼睛大不大,尾巴长不长,花纹毛色如何……猫们很少就这些问题议论自己的同伴。其实猫长得美不美之类的问题,只有猫的主人最在意。

在已成为家猫的我看来,评价一个人,相貌如何是无关紧要的,最重要的是那个人能不能给我东西吃,其次是能不能陪我玩。

按这个标准来说,每天给我饭吃的夏目小姐和魔法使者是我最重要的人,这次带来猫粮而且陪我玩得很尽兴的魔法使者的妹妹也相当重要。

我"喵"地叫了一声,我的意思是我给你们这么高的评价,你们应该很高兴。不过,他们可能听不懂。

魔法使者的妹妹凑近双胞胎中的妹妹,装模作样地说:

"你可不能弄成我这样啊,今后我就要走上孤独之路啦!"

从某种意义上讲,同为"凶相"联盟成员的双胞胎中的妹妹,未来也许真的会经历类似的事情。虽然魔法使者的妹妹已经和男朋友分手,但她毕竟曾经有过男朋友,也许她没必要那么悲观,也不必担心双胞胎妹妹的未来。她说自己将要选择孤独之路,这反倒令我有些担心。

我不想看到这个陪我玩游戏的姑娘身陷不幸,这对我来说也是件坏事,我希望她为了自己的幸福再加把劲儿,积极地面对自己的未来,不要让我担心。

"这样吧,要是将来不管你多努力都找不到工作和对象,我就让你当我的经纪人!"

"喂,打住!别对着还不会说话的孩子胡说八道!"

魔法使者的妹妹被魔法使者埋怨了几句。

可不是嘛!我还打算让这对双胞胎来照顾我呢!不管你带来多少好吃的、来陪我玩多长时间,我都不会允许你把他们带走的。

魔法使者一边给双胞胎换尿布,一边问:

"你还戴着那对吉他耳环啊。那耳环上刻着你们的名字,对吧?"

魔法使者的妹妹的耳朵上戴着一对摇来晃去的耳环,造型是小巧的吉他,上面刻着人名。

"耳环很贵,扔了可惜。"

"要是你真的不喜欢他了,应该把这对耳环摘掉吧。"

魔法使者的妹妹沉下脸,本来就带着"凶相"的脸更可怕了。

"你再冷嘲热讽地说话,我就不理你了!"

"唉,耳环这种小东西无所谓啦。"

为了排解郁闷,魔法使者的妹妹又拿起逗猫棒,冲着我摇来摇去。

我原本不打算理她，可是没过多久我就禁不住诱惑，从猫爬架上跳了下来，起劲儿地追逐起逗猫棒来。我虽然明知自己被她任意逗着玩，但就是停不下来。

　　好玩！真好玩啊！这位游戏玩家太会逗猫了！我太想雇她陪我玩了，不知道给她多少猫罐头，她才会跟我签约。

　　遗憾的是我们语言不通，无法拟订合同，我这个愿望很难实现。既然如此，那就让我现在跟她玩个够吧。

5. 我喜欢追逐的感觉

　　在我和魔法使者的妹妹玩逗猫棒的时候，夏目小姐的弟弟也来做客了，但是他从进门开始就一直在摆弄一块名叫智能手机的金属板，用指尖不停地戳它，玩得如醉如痴。

　　他大概从一开始就没打算接近我，对双胞胎也只是简单地看了一眼，我真不明白他特意跑到这里来干什么。

　　但是他似乎对我还是挺在意的，一直在用眼角的余光偷看我，这情形跟我第一次与夏目小姐见面十分相似。

　　他是慑于我的威严不敢靠近我，还是本来就怕猫呢？我稍微靠近他一点儿，他就马上离开，始终与我保持着一定的距离。

　　这么一来，我的毛病又犯了。忍不住想逗一逗这个难缠的家伙。我喜欢追逐的感觉，我喜欢追逐那些在我面前跑开的人或动物。尽管我已不再是流浪猫了，可捕猎的本性是刻在骨子里的，这一点无法改变。

我躲开魔法使者的妹妹的逗猫棒的诱惑后，藏到沙发下面，观察这两个年轻人。

"咦？小黑到哪儿去了？它在和我玩躲猫猫吗？"

我观察着坐在墙边椅子上的夏目小姐的弟弟，我确定他只顾着玩手机后，便蹑手蹑脚地来到他的脚边。

在我的脑袋蹭到他的腿的瞬间，他"啊"地大叫一声，以运动员般的弹跳力向一旁跳去。不愧是夏目小姐的弟弟，强大的运动能力也和夏目小姐非常相似！

夏目小姐憋着笑说：

"你用不着那么害怕，它不咬人的。你为什么不喜欢猫呢？"

"没什么理由，不喜欢就是不喜欢！"夏目小姐的弟弟阴沉着脸回答道。

他似乎跟以前的夏目小姐一样难缠。

"我要去街上逛逛，你借给我点儿钱。"

夏目小姐"啪"地打了一下弟弟伸出的手。

"你老是跟我借钱，从来就没还过！"

可能受到了弟弟说话方式[①]的影响，夏目小姐说话也带上了点儿他们家乡的口音，她摆起了姐姐的架子。

---

① 说话方式：原文中姐弟间对话用的是方言。

看来，我在这两个年轻人面前摆大哥架子时最好也带上些口音。可惜不管我说话有没有口音，他俩也听不懂我在说什么，因为他们根本听不懂猫语。

"别那么小气！你没钱可以向你老公要啊！"

夏目小姐狠狠拧了一下弟弟的腮帮子。

"疼死啦！"

"他是我老公，不是你的提款机！你再没礼貌，我可饶不了你！"

"算了,算了！"

夏目小姐的弟弟一脸不快地走了出去。

夏目小姐的弟弟好像还是个学生,而且对这一带不太熟，让他一个人出去逛街可能不安全。正好到了外出巡视时间，我就再照看他一阵子吧！

我决定跟着夏目小姐的弟弟出去散步。

6. 我在跟踪一个别扭的家伙

正值暑假,商店街的行人比平常多,商店街的拱顶下出现了许多临时摊位,这些摊位在出售一些简单的小吃、刨冰、香肠、炒面等应有尽有,人们像是正在举行夏日祭活动。

商店街熙熙攘攘的人群中，混杂着一些穿长衫的小孩儿和一些精心打扮过的年轻女性。参加活动的人似乎都特别喜欢热闹,商店街也比平日更有活力。

夏目小姐的弟弟什么也不买,只是漫无目的地边走边看,偶尔在商店或小摊前驻足。

"要不要一起吃刨冰?"有人在夏目小姐的弟弟背后这样说道。

那人正是魔法使者的妹妹,她的手里拿着两个盛了刨冰的杯子。难道这个女人一直跟在我们后面?她倒是很有一套啊,我竟然对她毫无察觉!

夏目小姐的弟弟摇摇头。

"我不吃!"

"吃吧,我都买好了,再不吃就化了。拿着!"

魔法使者的妹妹硬把盛刨冰的杯子塞进他的手里,夏目小姐的弟弟很不情愿地接过了刨冰。

夏目小姐的弟弟继续往前走,魔法使者的妹妹跟在他的后面。我决定稍微拉开点儿距离继续跟踪他们。

魔法使者的妹妹一边搅拌着刨冰,一边问:

"你好像对双胞胎没什么兴趣,你为什么要来你姐姐家?"

"我只是提前来看看我要升入的大学,学校就在这附近,学校正在搞校园开放日。"

"哦,你是即将要升入大学的准大学生啊,难怪讲话这么斯文。"

"咱们还不太熟悉嘛。"

魔法使者的妹妹"扑哧"一声笑了。

"那倒是,不过咱们已经是亲戚了,跟平时一样正常说话就行。"

夏目小姐的弟弟没吭声,脚下生风地往前走。

"你为什么不喜欢猫?猫多可爱呀!"

"猫确实可爱,但是秉性太差!"

这家伙也太没礼貌了,竟然说我们猫的秉性太差!不过我觉得他并非觉得猫不可爱,他不喜欢猫,也许是因为他有过什么与猫有关的不愉快的经历。

"你不喜欢猫,你今晚也没法儿在你姐姐家住吧?"

"我打算晚上跟和我一起来的朋友坐夜间大巴回家。"

"那你怎么不跟朋友一起出去玩?你们吵架了吗?"

"吵架还算好的,吵架还可以和好。"

面对这么一个不愿意正眼看人、冷冰冰地问一句答一句的男生,魔法使者的妹妹却没有停止追问,这姑娘气量好大啊!

夏目小姐的弟弟转头看着魔法使者的妹妹说:

"请你别再跟着我了,好吗?"

"哦,我跟着你也没什么嘛,你一个人转来转去多没意思。"

夏目小姐的弟弟仿佛一拳打在棉花上,现在不管他对她说什么都没有用,她不会改变自己的想法,劝她也是徒劳。

夏目小姐的弟弟绝望地停下脚步,他为了发泄心中的怒气,将刨冰一下子全倒进嘴里。他几次露出头痛欲裂的表情,但最终还是把刨冰都吃完了。

"你相当能吃啊,小伙子就是不一样!我也不比你差!"

魔法使者的妹妹也学着他的样子,一口气吃完刨冰。她按着太阳穴说:

"头好痛啊!有'冰激凌头痛'的说法吧?就是说一下子吃太多冰激凌会头痛。人家是'冰激凌头痛',我现在是'刨冰头痛'!"

"你跟我说你头痛,我也没有办法帮你。"

魔法使者的妹妹目不转睛地看着一脸不悦的夏目小姐的弟弟的侧脸。

"你的睫毛好长,皮肤好白,眼珠的颜色好浅!像你这样的帅哥只要在原宿①附近转转,立马就会被星探盯上!你肯定能成为偶像明星!"

"成不了!"

夏目小姐的弟弟将盛刨冰的杯子扔进垃圾箱,快步向前走,魔法使者的妹妹慌忙追上去。

"你在学校里很受女同学欢迎吧?"

"我不受女同学欢迎。"

"你就别谦虚啦!"

---

① 原宿:地名,位于日本东京都涩谷区,是日本著名的"年轻人之街"。

"我没谦虚,真正受欢迎的,是我的一个铁哥们儿。我上小学的时候,同学就在背地里叫我'白色沉默男'。"

"这个名字真有个性!"

"这有什么个性!"

夏目小姐的弟弟怒视魔法使者的妹妹。

"小时候,我就很不喜欢和陌生人打交道,除了相当要好的朋友,我几乎不跟任何人说话。顺便告诉你,上了中学以后,同学都叫我'白色电线杆'!"

魔法使者的妹妹将夏目小姐的弟弟全身上下打量了一番后说道:

"你个子很高,也有些肌肉,不像是个电线杆啊!"

"曾经有一只公猫跑到我的身边,朝我的腿上撒尿,被班里的同学看到了,此后他们就叫我'白色电线杆'了。"

难怪夏目小姐的弟弟明明很在意我,但我一靠近他,他就吓得跳起来,恐怕是过去的精神创伤在作祟。"猫确实可爱,但是秉性太差!"他之所以这么评价猫,应该就是因为这个原因。就算有猫对他做过出格的事儿,也不是我的错,做那些出格的事儿的猫也不是我,而是其他的猫啊!

"这可真是令人伤心!要不然这样,你当个偶像明星,光鲜闪亮,这样你就可以争口气,给那些瞧不起你的混账看看!"

"不必!"

"哦,要不然咱们现在去原宿看看吧。听说走在原宿的大街上的帅哥美女会被艺人事务所的星探盯上,我想见识一下,这到底是不是真的。"

魔法使者的妹妹抓住夏目小姐的弟弟的胳膊,想带他朝车站方向走,夏目小姐的弟弟立刻甩开她的手,厉声喊道:

"你到底想干什么?我说过我成不了明星嘛!"夏目小姐的弟弟急了,说话时不自觉地带出了方言。

魔法使者的妹妹微微一惊,随即咧嘴笑了,她拍拍夏目小姐的弟弟的后背。

"你可以啊!帅哥说方言反差效果特别明显,这很好!你再多说几句方言,用这种反差当卖点,你成为明星的可能性一下子就变大了!"

"我不可能成为明星……"

"为什么这么说?你试试看嘛!你不试试怎么知道不行呢?"

"我不用试就知道不行!"

"莫非你是从未来穿越来的预言家?"

"别开玩笑了!成不了的事就是成不了,我证明给你看!"

夏目小姐的弟弟突然唱起歌来,但他跑调儿严重,唱得十分难听!他真不愧是夏目小姐的亲弟弟啊!他不按常理出牌的个性与夏目小姐如出一辙,在喜欢做一些让人吃惊的事情这一点上,姐弟俩也是不相上下!

"知道了,知道了!对不起,对不起啊!"

无论魔法使者的妹妹怎么道歉，夏目小姐的弟弟就是不肯停止唱歌。商店街的行人纷纷回头，一脸疑惑地看着他们，想知道发生了什么事。

魔法使者的妹妹实在受不了人们的目光，她抓起夏目小姐的弟弟的手拔腿就跑。他们穿过人群，跑到了商店街旁边的小巷里。为了不被他们甩下，我也拼命地跑，一路跟着他们。

7. 我撞到了一个陌生女人

一进小巷，夏目小姐的弟弟就甩开了魔法使者的妹妹的手，他生气地把脸转向一边。

喘息平复后，魔法使者的妹妹说：

"你确实没法儿立刻成为偶像明星，但是你可以练习一下唱功。如果你想学唱歌的话，我可以教你！"

"我也没求你教我唱歌啊！"

"那模特儿呢？你可以考虑成为模特儿！"

"我不是那种被陌生人说声'笑'就能笑得出来的人，我反应没那么快！我怕接触陌生人，同学叫我'白色沉默男'，我可不是浪得虚名！"

"你现在这不是跟我聊得挺好的嘛！"

"咱们是亲戚嘛，出于礼貌，我也应该跟你聊一会儿。要是咱们不是亲戚,像你这样的碎嘴疯婆子,我才不会搭理呢!"

魔法使者的妹妹长叹一声。

"要是让你找'这也不成,那也不行'的理由,你绝对是世界第一!人这一辈子,总不能老是瞻前顾后,不敢向前迈一步啊!"

夏目小姐的弟弟焦躁地揪着头发。

"你这个人真是古板!"

"为什么说我古板?"

魔法使者的妹妹一脸坏笑。

"什么新鲜事物都不愿意尝试,总是固守在自己的世界里,别人说些和你不一样的意见,你的情绪就激动起来。这不是古板是什么?"

夏目小姐的弟弟听了魔法使者的妹妹说完这段话,阴沉着脸回答道:

"你是因为成天唠唠叨叨的,太烦人,才被男朋友甩了吧?"

"是我甩的那小子!这么点儿事情都记不住的学生,考试会考砸的哦!"

"你别小看我!我还从来没考过 A 以外的分数呢!"

"哦,你很优秀嘛!不过越是自信满满的学生,考试当天越会无缘无故地伤风感冒,会考砸哦!就像我……"

魔法使者的妹妹突然低下头不唠叨了。过了一会儿,她抽泣起来,肩头也在微微颤抖。

"喂!你怎么哭啦……"

"我们乐队不落选才怪！我的嗓子哑成那样,高音根本唱不上去,大家那么拼命地排练,全白费了！都怪我！"

"你不是说,你们被淘汰是因为你的身材不好吗？"

魔法使者的妹妹摇摇头。

"那小子为了不让我觉得乐队参加比赛被淘汰是我的演唱失误造成的,故意开玩笑说,乐队被淘汰是因为我的身材不佳,他这是在跟大家开玩笑呢！他其实可以找个别的理由让我避免尴尬,但他偏说了这个理由,引导错了方向！这个大傻瓜,真是气死我了！"

魔法使者的妹妹一把鼻涕一把泪地哭着,夏目小姐的弟弟一脸尴尬,呆呆地望着小巷里的招牌,不知如何是好。

魔法使者的妹妹那张不太好看的脸上的哭相令人不敢直视,我也只好后退了几步。

"对不起,不愿面对现实的人其实是我！"

听她说完,夏目小姐的弟弟沉默片刻后自言自语道:

"其实你们被淘汰一次也是很好的体验,我连去做自己想做的事的勇气都没有！"

魔法使者的妹妹仰起脸,抽了抽鼻涕,她的眼睛因为揉得太用力而充血。

"你有想做的事吗？"

"有啊,我小时候最仰慕的人是艺术体操运动员！"

"艺术体操就是有球操、带操等项目的那种体操运动,对吗?"

"对!我在电视上看奥运会比赛,觉得艺术体操运动员们在空中挥舞彩带的样子真是太美了!"

夏目小姐的弟弟用手指比画着,胳膊做出旋转的动作。

"艺术体操运动员舞动起来确实像仙女一样!"

"我立刻仿照电视画面中的彩带,自制了一条彩带,我真希望自己也能成为奥运会的艺术体操选手!"

魔法使者的妹妹吃了一惊,瞪大了眼睛看着他。

"你是喜欢上某一个参加艺术体操项目的女运动员了吗?你把女运动员当作初恋对象了吗?"

"你没听明白我的意思。我说的是艺术体操运动员在空中挥舞彩带的样子太美了,我没喜欢上任何一个运动员!"

魔法使者的妹妹歪着脑袋,有点儿被他搞糊涂了。到底是夏目家的人,脱口而出的奇谈怪论总是让人感到震撼。

"可你是男生啊!艺术体操的带操项目不是女子项目吗?"

"我当时不了解这些,我把我的想法告诉了姐姐们。大姐一脸为难,但是什么也没说。二姐倒是很支持我的想法,她说只要努力就可以成功,我也相信了她的话,每天练习舞动彩带,直到挥舞彩带时彩带不着地。姐姐夸我练得好,我当时非常开心!"

夏目小姐的弟弟望着身穿长衫跑过小巷的一对小兄妹,脸上流露出对往昔无限怀念的神情。突然,他像是想起了什么令他厌烦的事,脸色马上阴沉下来。

"后来我上了小学,有一天,老师让同学们都说一说自己的梦想。我说自己的梦想是'成为艺术体操运动员并表演带操',全班同学哄堂大笑。老师对我说,男子艺术体操没有带操项目,你的梦想是实现不了的!"

"这只能是一场梦啊!"

夏目小姐的弟弟握紧拳头,仿佛对世间的一切都怀有仇恨似的说:

"我刚上小学就失去了人生目标,你知道我有多绝望吗?"

"不知道……"

魔法使者的妹妹猛地后退了几步,我也后退了几步。尽管在夏目小姐的弟弟倾诉心中苦闷时这样做不太好,但我还是忍不住后退了。

"被班里的同学当成傻瓜嘲笑了一阵子后,我就只跟自己信任的同学交往,不太跟其他同学说话了。'白色沉默男'这个外号就是这么来的。"

"被人嘲笑一次就放弃,你的梦想也太容易被摧毁了!"

夏目小姐的弟弟像受了刺激似的盯着魔法使者的妹妹。

"你瞧不起我吗?"

"我不是那个意思。受到一点儿挫折就绝望,我觉得你把这些不愉快的小事看得太严重了。你被嘲笑的那件事已经过去很久了,现在击败你的敌人不是残酷的现实和别人的嘲笑,而是你自己的绝望情绪。"

"击败我的敌人……"

"你还年轻,多经历几次挫折也没有什么嘛!"

夏目小姐的弟弟愤怒地瞪着魔法使者的妹妹说:

"你知道我绝望过几次吗?"

"不好意思,我不知道。"

魔法使者的妹妹摇摇头。

"那我就让你知道一下。上中学时,我在参加我的偶像的粉丝见面会时,被艺人事务所的星探盯上了。"

"哎呀,你真的有过这样的经历啊!"

"我去上声乐课,老师说我唱歌'难听得无可救药'。后来,那家事务所偷税漏税的事被曝光了,很快就倒闭了。"

"你的境遇真是急转直下啊!"

"高中时,我在文化节上第一次体验到了现场演奏会的魅力,便想搞个乐队,于是我加入了学校里的音乐社团,开始练习弹吉他,可是没过多久我就被劝退了,他们说我弹得太难听。听我弹吉他的人说,他听我弹吉他之后感到身体不适,说我没有音乐天赋,叫我不要再弹了。"

"你弹吉他到底有多难听呢?我倒想听听!"

"我遇到的倒霉事儿还不仅是这些。有个女生说我长得帅,主动接近我,后来她却爱上了我的铁哥们儿,而那家伙偏偏不喜欢那个女生,拒绝了她,那个女生以为是我从中作梗才导致这样的结果,最后我倒落了个遭人记恨的下场。"

"你那铁哥们儿到底有多帅呢?我真想见识一下!"

"我遇到的倒霉事儿还没说完呢!我喜欢的一个明星莫名其妙地退出了娱乐圈;我喜欢的小店毫无征兆地关了门;我期待已久的电脑游戏不知为什么突然终止了销售;我好不容易买到了一位歌星的演唱会门票,而演唱会却因台风被取消了……我总是遇到这种倒霉的事儿!"

夏目小姐的弟弟滔滔不绝地讲着,他的脸上满是愤怒和厌倦。

"不好意思,我已经知道你经历了许多倒霉事儿了,但是你也太容易绝望了……"

魔法使者的妹妹像是移开了视线,我也和她一样,将目光转向别处。夏目小姐的弟弟虽然相貌英俊,是个大帅哥,但他确实时运不济,似乎总能把一些倒霉的事情吸引到自己身上,实在令人惋惜。

看来相貌出众的人在人生之路上也不一定能一帆风顺。那么长相可爱的双胞胎哥哥的人生不也很让人担心吗?一切皆有可能,他们的人生经历也会各不相同。

依我看,夏目小姐的弟弟最大的问题就是对许多事怀着单纯的好奇心,在尝试这些事的过程中,遇到一点儿挫折就极度沮丧,失去信心。他应该就是这种脆弱的人。我想指出他身上的问题,可惜他不懂猫语,我说了他也不会明白,我就别浪费口舌了。

"我总是遇上这些不顺心的事,我甚至在想,难道我是为了受命运之神的戏弄而活着的吗?"

"不要再说不顺利的事了,如果你真的有决心、肯付出,想做的事就一定能做到!"魔法使者的妹妹说道。

"这次来看学校也非常不顺利。我本来打算,一考上大学就向青梅竹马的女孩儿表白,没想到,我在来时的大巴车上,竟然看见她跟我那个铁哥们儿开心地依偎在一起,都快要亲吻了!"

夏目小姐的弟弟像是回忆起了当时的情景,满脸痛苦,宛如一口气吃下了一大份刨冰。魔法使者的妹妹也龇牙咧嘴地露出痛苦的表情。痛苦会传染吗?这可是别人的不幸啊!

"一想到我去洗手间的时候他们在偷偷亲吻,我就再也无法面对他们了,便逃到了这里。"

魔法使者的妹妹问他是否跟朋友吵架了的时候,夏目小姐的弟弟回答说"吵架还算好的",他那时候心里大概正想着这件事吧。的确,对年轻的男孩儿来说,没有比目睹自己喜欢的女孩儿被铁哥们儿夺走更悲惨的事了。我要是遇到这种事,可能会出门旅行一段时间。

"这也太惨了,不知者不怪,请原谅,我收回刚才说的那些冒犯你的话!"

"没什么,我也因为心情不好,对你说了些不中听的话,咱们俩扯平了!"

夏目小姐的弟弟和魔法使者的妹妹都有些不好意思,气氛突然变得有些尴尬。

"我得一直看着他俩卿卿我我……回家的大巴车简直就是地狱啊!"

夏目小姐的弟弟望着远方,眼睛有些湿润。那样的地方确实跟地狱无异。我很想安慰他,遗憾的是他听不懂猫语。

"要不然你退掉大巴车票,换另一班大巴车回家吧。"

"就算我换了车,回到学校里,我们也要在一个教室里上课,躲也躲不掉,动这点儿小心思根本没意义。"

"无处回避啊……太惨了!"

"如果我们三个人都考上了同一所大学,那等待我的四年,就不是玫瑰色的而是深灰色的了。一想到这些,我的胃就隐隐作痛。"

夏目小姐的弟弟把手按在肚子上,露出了痛苦的表情,魔法使者的妹妹也露出痛苦的表情,痛苦果然是可以传染的。

"可是他们和我一起长大,是我最要好的朋友,在我被别人嘲笑、被别人孤立的时候,他们一直在我身边,无论发生什么事,他们都跟平常一样和我聊天儿、说笑,对他们,我真的恨不起来。"

魔法使者的妹妹拍了拍夏目小姐的弟弟的肩膀说:

"没事儿,以后你喜欢的女生也一定会喜欢你的!"

"谢谢你的安慰,但是几句安慰话安慰不了我。"

夏目小姐的弟弟的脸上依然愁云密布。

"以后应该不会再遇上这样的事了！一个人就算是倒霉,也不可能一直倒霉,否极泰来,你一定会遇到好事儿的!"

"以前我也这样想过,不过,希望越大,失望越大,我实在是太累了。我对自己的人生已经不抱希望了,没有希望也就不会绝望。"

夏目小姐的弟弟虽然嘴上这么说,但是脸色依然十分阴沉。可惜我没有改变未来的能力,如果我有这种能力,我一定会让夏目小姐和她的弟弟过上幸福的生活。

夏目小姐的弟弟仰望着小巷上空,夏季特有的积雨云悄无声息地越积越厚,远处传来了隆隆的雷声。

"刚才说起你的男朋友时,你哭得好凶啊！你要是还喜欢他,就应该大大方方地去找他,跟他言归于好,你们可以继续一起搞乐队。"

"这样不行吧？是我甩了那小子嘛!"

"你不试试怎么知道不行？这话可是你说的哦!"

"你说得对！你现在都开始用我开导你的话来开导我了,你进步了啊!"魔法使者的妹妹笑着说道。

"为了确保你下次比赛不会因为感冒了无法唱高音而被淘汰,我可以让我姐姐教你我们夏目家的一种秘方汤剂,你喝了之后,感冒一天就好了!"

魔法使者的妹妹也仰望天空,她拨弄着耳垂上的耳环说道：

"你可真会疼人啊！你算是世界上第二会疼人的男人啦!"

"怎么是第二?"

"第一当然是我那个前男友啦!"

"在一个受到感情伤害的人面前秀恩爱太残忍了,你是变态吗?"

"哈哈,我就是啊!你不知道吗?"

"你可真坏呀!"

"彼此彼此!"

魔法使者的妹妹放声大笑。两个人的心情似乎都好了起来。

夏目小姐的弟弟端详着魔法使者的妹妹说道:

"你哭的时候挺难看,没想到你笑起来还挺好看的。"

魔法使者的妹妹一脸惊讶地瞪着夏目小姐的弟弟。

"怎么,你刚失恋就想跟别的女孩儿套近乎了?"

"我可没那么花心,我喜欢的女孩儿就是这丫头!"

夏目小姐的弟弟慌忙摇头,从口袋里掏出手机。

"你看,她很可爱吧?"

他把手机屏幕展示给魔法使者的妹妹的瞬间,手机振动起来,魔法使者的妹妹当即忍不住哈哈大笑起来。

"你喜欢的不是人类啊!"

"啊?"

夏目小姐的弟弟一看手机屏幕,也忍不住大笑起来。

"我姐姐又给我发乱七八糟的照片了!"

看来手机显示的似乎不是他想展示的照片,但应该也是相当有意思的照片。

"这是什么呀?这只黑猫好丑!"

"你没看出来吗?这就是刚才那只跟你玩的黑猫小黑啊!"

"我真没想到照片上这只猫居然是小黑!"

他们在谈论我?他们居然说我丑,也太没礼貌了吧!

"我姐姐的拍照技术很差,你再看这张照片,这张照片应该是我姐夫拍的。"

魔法使者的妹妹目不转睛地看着手机屏幕。

"这张照片上的小黑看起来又潮又酷,很棒嘛!"

"是吧!"

"跟这一比,你姐姐把小黑拍得像个社团大佬猫。"

"社团大佬猫……确实像!"

两个人又大笑起来。

这两个家伙实在太无礼了!我从来没有伤害过别人!他们再这么笑下去,我可要让他们见识一下我的猫拳啦!

"我姐姐总是往她的社交媒体上发这些惨不忍睹的照片,她还会把这些照片分享给我。看,她又发来黑猫难看的照片了!"

"现在不少人都这样。"

"前两天,我在电车上收到了她发送的这些糟糕的照片,被站在我旁边的陌生的大哥看到了,他一直笑到下车!"

"有些人就是很喜欢发自己爱猫的照片,完全控制不住自己!有些养猫的人就像被诅咒了一样,无法控制地跟别人分享自己心爱的猫的日常生活。我家的猫还活着的时候,我也经常这么做!"魔法使者的妹妹苦笑起来。

"就说那只社团大佬猫吧,可能你姐姐本人根本就没有意识到照片拍得不好,她大概还觉得自己拍得不错呢!"

"不会吧!她会觉得这种照片很好看?"

"嗯,有可能,毕竟她是跟我哥哥结婚的人嘛!可能在她的眼里,长相有点儿吓人的男人才帅气!"

夏目小姐的弟弟轻轻叹了口气,脸上露出难以置信的表情。

"好像是这样的,我姐姐以前喜欢的动漫里的人物都有些面目狰狞!"

"这不挺好嘛!俗话说得好,破锅也有烂盖子配!"

"你越说越不像话了!"

"我只是想赞美一下他们这段奇迹般的姻缘!"

"奇迹?太夸张了吧!"

魔法使者的妹妹指着手机上的照片说:

"听说这个小家伙是只可以带来幸运的猫呢!我哥哥跟你姐姐好像就是因为这只黑猫才在一起的!他们应该都很感谢这段奇迹般的姻缘。"

正是这样,夏目小姐和魔法使者都很感谢我,而我也非常感谢他们。

要是有朝一日我学会了人类的语言,我要说的第一句话就是"谢谢"。尽管猫说人话的可能性不大,但我还是在偷偷练习,希望能表达这份心意。

"喂,别乱翻乱看!"

魔法使者的妹妹摆弄着手机,无视夏目小姐的弟弟的阻拦。

"啊,我哥哥也给我发过这张照片!婚礼结束后,他们在很多有他们恋爱回忆的地方拍照留念,瞧我哥哥笑得多开心!"

魔法使者的妹妹笑眯眯地盯着手机屏幕,她沉浸在她哥哥的幸福之中,她的表情跟夏目小姐和魔法使者盯着双胞胎熟睡中的小脸时的表情一模一样。看来不光是痛苦可以传染,幸福也会传染。

夏目小姐的弟弟夺回手机,看着手机屏幕说:

"我姐姐总是吹嘘她家一脸'凶相'的男人笑起来非常可爱,她被这反差迷得不得了。以前我还不明白她为什么会那样,刚才看到你那个样子,我终于明白了。"

魔法使者的妹妹用力地拍了一下夏目小姐的弟弟的肩膀。

"能感受到反差的魅力,说明你长大了!"

"疼死啦!别说打就打嘛!很疼啊!"

"你终于从孩童时代毕业啦,真好啊!恭喜你!"

"少拿我当孩子哄!"

夏目小姐的弟弟脸上露出厌烦的表情,跟他被夏目小姐斥责时一模一样。这大概就是他被当作小孩子对待的原因吧!

魔法使者的妹妹捡起掉落在路边的一根小树枝,将其拿在手里转动起来。

"同一件东西，在不同的眼睛里，魅力不同。比如说这根小树枝，原本是垃圾，这么一转悠，就成了猫咪眼中的高级玩具。"

一只茶色虎纹野猫站在小巷边的围墙上朝这边张望，它是一只年轻的公猫，我在这一带没怎么见过它，它可能是追逐母猫才到这里来的。

那只猫似乎被转动的小树枝吸引住了，它跑到魔法使者的妹妹身边，追着小树枝上蹿下跳，如痴如醉地玩起来。

"全世界的人都不喜欢我也无所谓，只要我能遇上一个对我真心真意的人就足够了！"

魔法使者的妹妹挥动着小树枝，娴熟地逗着小猫，她得意地笑了。

"喂，住手吧！我知道你特别会逗猫啦！"

为避开连蹦带跳的野猫，夏目小姐的弟弟躲到一边，冷眼看着她。

"你怕猫？"

"不用你管！"

魔法使者的妹妹微微一笑。

"用不着太较真儿，活得自在点儿，早晚会有人喜欢你的！"

"你少说几句这种敷衍别人的话吧！"

"那……明年吧，喜欢你的人明年就会出现，这只幸运的黑猫可以保佑你！"

"你少在这里装神弄鬼！明年……把时间说得这么模棱

两可!"

"给人预测未来的人都喜欢使用这种模棱两可的话术!"

夏目小姐的弟弟对她的话嗤之以鼻。

"明年……谁信你的鬼话!"

夏目小姐的弟弟摇摇头。

"有些事也说不准呢!"

"你相信有圣诞老人吗?"

"我现在不信了!"

"你以前信过啊!"

"小孩子总是容易相信童话和传说!"

魔法使者的妹妹瞥了夏目小姐的弟弟一眼说:

"你都来东京上大学了,可别再做那些不靠谱儿的傻事了!"

"我也不傻,能做什么傻事!"

夏目小姐的弟弟还真是单纯,我和魔法使者的妹妹一样,也有些担心他了。如果他搬到附近住,我会经常去照看他,免得他被别人骗。

茶色虎纹野猫仍十分投入地追逐着魔法使者的妹妹手中的小树枝。夏目小姐的弟弟看着眼前的情景说道:

"逗猫的节奏拿捏得不错嘛!难怪猫都喜欢和你玩!"

魔法使者的妹妹把小树枝递给他。

"你也来试试吧!想怎么转就怎么转,逗猫很好玩!"

"算了吧,我不玩!"

"别那么说嘛!"

魔法使者的妹妹把小树枝硬塞过来,夏目小姐的弟弟只好接过小树枝,看来他是个经不住别人怂恿的人。

夏目小姐的弟弟学着她的样子舞动起小树枝来。最初只是在那里观望的茶色虎纹野猫逐渐被他吸引,忘乎所以地追着小树枝玩起来。

"不愧是曾经梦想过去参加奥运会的人啊!"

"你就别再提那件事了!"

"要是有逗猫奥运会就好了!"

"那么多猫聚在一起,赛场不得乱成一锅粥?"

"可不是嘛!"

魔法使者的妹妹大概是想象出了那个场面,不禁会心一笑。

"虽然梦想半途而废了,手艺倒是没白练,挺好!"

"我又不是为逗猫才练带操的!"

没想到夏目小姐的弟弟这么擅长逗猫,小树枝的律动优美,称之为艺术都不为过。虽然魔法使者的妹妹的逗猫棒玩得也相当厉害,但二者并非同一层次。如果说她的小树枝是洋溢着动感的野生动物的跃动,那夏目小姐的弟弟的小树枝则是仙子迷人的华美舞姿。

"你真是高手啊!我也不能输给你!"

为吸引茶色虎纹野猫的注意,魔法使者的妹妹又捡起另一根小树枝灵巧地舞动起来。

"争强好胜也该有个限度吧!"

"说得对!"

夏目小姐的弟弟也不甘示弱地舞动起小树枝,茶色虎纹野猫被两根小树枝操控着,蹦来跳去。本打算远远偷窥的我看到这情形也跃跃欲试了。

不能光你们快活,我也要加入小树枝的游戏!

见他俩展现出了专业的逗猫技能,我也控制不住自己了,便一跃而出。

见我走过来,茶色虎纹野猫立刻发出威吓之声。我也不甘示弱地低声嘶吼,竖起全身毛发,好让自己的身体看起来更大。

这个女人可是陪我玩游戏的人!夏目小姐的弟弟也是我那亲爱的主人的家人!像你这种不知哪儿来的野猫,根本不配跟他们玩!

魔法使者的妹妹并未理会我们的纷争,她转头对我说道:

"咦,你也来啦?那么想跟我玩吗?"

才不是呢!我只是在跟踪夏目小姐的弟弟而已。我"喵"地叫了一声,想告诉她我的想法,可惜她听不懂。

"真拿你们这些小家伙没办法!你们别吵了,来,咱们一起玩吧!看我一个人对付你们俩!"

魔法使者的妹妹又捡起一根小树枝。只见她一手一根小树枝,左右手同时快速舞动起来,我们两只猫则上蹿下跳,简直就像在跳舞。两只猫都成了魔法使者的妹妹操纵的玩偶。要是有逗猫奥运会的话,评委肯定会给我们现在的表演打满分。

魔法使者的妹妹宛如一位舞者,灵巧地摆弄着两根小树枝,我跟茶色虎纹野猫都累得筋疲力尽,腿脚发软,可这游戏实在太好玩了,我们根本停不下来!

我想起了那句话:"喂猫木天蓼——投其所好。"魔法使者的妹妹真是个危险的女人!

追逐着魔法使者的妹妹挥舞的小树枝,我高高跃起,但是方向太偏,我撞到了一个陌生女人。

8. 我受了连累

被我撞到的陌生女人因惊吓过度而呆立原地,片刻之后,她猛地一皱眉,五官扭曲,好像马上就要哭了。

不好!她被我弄哭了!虽然我不小心撞到了她,但事出有因,我并不是故意的,都是魔法使者的妹妹的错,都是那根小树枝的错!她不能怨我!

我很慌张,试图逃走,可我的爪子钩住了她的衣服,无论我怎么拉扯也挣脱不开。

有泪水从上方滴落下来,我抬头看去,陌生女人的脸上却满是笑容。这就是所谓的泪中带笑?跟许多女人不同,这个女人流泪的样子也十分美丽。她扎着高高的马尾辫,脖子和肩膀的优美曲线使她显得格外动人。

"太好啦……"

不清楚有什么好事儿,这个喜极而泣的女人猛地用力将我紧抱在胸前。难受!她要杀了我吗?这家伙大概也属于那种不知轻重的人,可受连累的是我啊!

我的爪子总算从钩住的衣服上挣脱开,我也从扎马尾辫的女人的怀里逃出来,跳上了旁边的围墙,我准备再看会儿热闹。心烦意乱时,我总喜欢登高俯瞰。

扎马尾辫的女人身旁还站着一个年轻的男人,他肤色黝黑,一头短发,一身肌肉,修长高挑儿,像个运动员,他的相貌也十分英俊,但是跟夏目小姐的弟弟不属于同一类型的帅哥。

夏目小姐的弟弟看到他俩的瞬间,就像在客厅里被我蹭了之后受了惊吓那样,"噉"地大叫一声,跳起来,躲在一旁。

不巧的是,他的脚落在了茶色虎纹野猫的尾巴上,那野猫"喵"地叫起来,反击一爪后落荒而逃。这家伙看样也受了连累,现场乱作一团。

"你们怎么了?"

夏目小姐的弟弟摸着胳膊上被茶色虎纹野猫抓过的伤,问那两个人。

短发男人走上前来说道:

"我们还想知道你是怎么了呢!你在这里做什么?你一下大巴车就突然说要去你姐姐家,我们左等右等,你都不回来,电话也不接!"

"我有事嘛!"

夏目小姐的弟弟转过头,像是不敢直视他俩。他现在的心情一定十分复杂。

短发男人大概就是那位和他一起乘大巴车来的铁哥们儿,而扎马尾辫的女人则是夏目小姐的弟弟说的那个他喜欢的人,这大概就是人们常说的复杂的三角关系吧。

人类为什么总是这样?越是不想见到的人越是容易狭路相逢,想必命运之神是个性情乖戾的家伙吧。

"你能有什么事呀?你这样突然消失,让我们很担心啊!你竟然在这儿跟野猫玩,你把说好的事儿全撂下不管了吗?"短发男人揪起夏目小姐的弟弟胸前的衣服质问道。

目睹这情景,确实只能理解为夏目小姐的弟弟在跟野猫玩,但是进入这条小巷、玩起小树枝的游戏,并非他的本意,这一切都要怪魔法使者的妹妹。夏目小姐的弟弟被冤枉了。

我很想把事情的来龙去脉向短发男人解释一番,可惜我说的话他听不懂。我只能"喵"地叫一声,以示抗议,告诉他我不是野猫。

"你俩都别说了,能找到他就好!"

听到扎马尾辫的女人的话,短发男人松开了抓着夏目小姐的弟弟衣服的手。

扎马尾辫的女人盯着夏目小姐的弟弟说:

"现在时间还来得及,咱们一起去学校看看吧?"

她歪着头的样子真是可爱极了,要是我收到这样的邀请,我会立刻跟着她去。

夏目小姐的弟弟一甩头。

"我不去!"

"为什么不去?咱们不是为这件事来的吗?"

"你们一起去多开心,我还是不去比较好。"

现场的气氛瞬间变得非常紧张,争吵仿佛一触即发。

一直在关注着三人言行的魔法使者的妹妹若无其事地大声问道:

"你们在一起了吗?"

"喂,别多嘴!"

夏目小姐的弟弟急忙打断了她,而魔法使者的妹妹却连珠炮似的问个不停:

"你们什么时候开始在一起的?今天是你们的第一次约会?难不成你们已经做过其他更过分的事了?跟我们说说!"

模仿记者现场采访的样子,魔法使者的妹妹把攥着的拳头当成麦克风,交替着伸到扎马尾辫的女人和短发男人面前。

"请别再问了!"

扎马尾辫的女人打断了魔法使者的妹妹的话,她一脸怒气,瞪着魔法使者的妹妹说道:

"我们没有在一起,也没有约会!话说回来,你又是哪位?"

"我只是个路过的亲戚!"

"亲戚是什么意思?"

夏目小姐的弟弟赶紧解释。

"他是我姐姐的老公的妹妹!"

"啊,失礼了,我是夏目君的同学!"

"我是跟夏目君刚认识不久的亲戚!"

扎马尾辫的女人和魔法使者的妹妹互鞠一躬。这些家伙到底在干什么呀?

魔法使者的妹妹抬起头来说:

"来,言归正传,你们在大巴车上亲热,让这小子看到了,你们俩到底是怎么回事?"

扎马尾辫的女人和短发男人面面相觑,然后同时笑出声来。

"这有什么可笑的?"

夏目小姐的弟弟盯着两人,面沉似水。

短发男人俯下身,对身材娇小的扎马尾辫的女人耳语了几句。

"现在还不能对夏目说吗?"

"你们要说什么呀?"

意识到只有自己被蒙在鼓里,夏目小姐的弟弟暴跳如雷。

短发男人掏出手机说:

"还是给他看看吧!"

"哎呀,别急!"

扎马尾辫的女人想制止,但为时已晚,短发男人已经把手机递给夏目小姐的弟弟了。

"最近不是流行网络漫画嘛,有一部叫《和男子日记》的漫画非常受欢迎,漫画的作者就是这家伙!"

"真的吗?"

在一旁听到这话的魔法使者的妹妹突然大叫一声,情绪突然高涨起来。

"就是有很多和服帅哥偶像的漫画?我一直在看啊!那部漫画真有意思啊!唯美主义的画风加现实主义的幽默,我太喜欢了!"

"谢谢!"

扎马尾辫的女人不好意思地鞠了一躬,和魔法使者的妹妹握了握手。

短发男人指着手机说:

"这个浅色头发帅哥的原型是夏目,这个短发黑大个儿肌肉男的原型是我!"

"好啦,别说啦!太丢人啦!别看啦!"

扎马尾辫的女人抢回了手机。

夏目小姐的弟弟一脸狐疑地盯着短发男人问:

"你是怎么知道这件事的?"

"我哥哥在那个网站上连载漫画,她说她是我哥哥的粉丝,我就把她介绍过去了。不知怎么回事,这家伙也开始连载漫画了!"

"难道只有我一个人不知道?"

扎马尾辫的女人双手合十,可爱地歪着头。

"对不起啊,擅自把你当作模特儿,有点儿说不出口,绝不是故意瞒着夏目君的!"

夏目小姐的弟弟皱起眉头。就算她说那是无心之举,但事实上也曝光了他们的隐私,而她又是他喜欢的女孩儿。

短发男人挠着头说:

"她说下周截稿期快到了,还在为内容素材犯愁,我只是帮了个忙,你在大巴车上看见的就是这些!"

"你所谓的帮忙就是亲嘴?"

"你别往心里去,我们只是在大巴车上假装亲吻,只是为了拍摄视频而已!"

"我不信!你们是露了馅儿,才编瞎话骗我吧?"

魔法使者的妹妹也过来帮腔,她指着手机说:

"把你们拍摄的视频拿出来看看不就行啦!"

"好,我这就给你们看!"

扎马尾辫的女人摆弄着手机,打开一段视频给夏目小姐的弟弟看。

"你看,我们就是摆摆样子嘛!"

"不拍摄视频的时候,说不定真的亲了呢!"

见夏目小姐的弟弟仍然不相信,短发男人叹了口气说:

"我们用不着说谎。这是以你为原型的那个人物的情节,我跟她说让夏目来演,这家伙说不好意思跟你说,我只是当替身做做样子罢了。"

"你是别人一求你,就忙不迭地去假装亲吻的人吗?"

"我只是帮个忙嘛!老实跟你说吧,我只把她当妹妹,怎么可能亲吻她呢?"

见气氛又紧张起来,扎马尾辫的女人又打断他们的对话。

"都是我不好,搞出这么多误会来,真对不起!你要怎样才肯原谅我?怎样都行!"

看着扎马尾辫的女人眼泪汪汪的样子,夏目小姐的弟弟的态度软了下来,想发脾气又不敢发的他把脸转向一边,嘀咕道:

"算了,反正我也不招人待见!"

短发男人抬头看看天,故意大声地长叹一声,张开胳膊伸着懒腰说:

"啊,真受不了你们啊!我得赶紧把你俩撮合到一起!"

"喂!你在说什么?"

"蒙在鼓里的只有你俩啦!我装聋作哑都装够了!"

短发男人看着夏目小姐的弟弟坏坏地一笑:

"夏目,你小子老这么磨叽可就不招姑娘爱了啊!你要是不说的话,我可要替你表白了,夏目喜欢……"

"知道啦!你闭嘴!"

夏目小姐的弟弟做了个深呼吸,注视着扎马尾辫的女人,他反复几次欲言又止,其他几人都屏住呼吸,紧张地盯着他俩。

夏目小姐的弟弟双手颤抖,跟秋刀鱼烧烤节上魔法使者邀请夏目小姐时一个模样。我非常理解他紧张的心情。加油啊!男子汉该出手时就出手!现在就是出手之时!

夏目小姐的弟弟总算开口出了声,而这声音完全不像他自己的,在场的人都装作没发觉这一点。

"我……我喜欢你,你愿意跟我在一起吗?"

"愿意……"

夏目小姐的弟弟和扎马尾辫的女人都低着头,脸颊绯红。可能是因为太难为情,两人都不敢正视对方。我们这些一直在看热闹的旁观者也有点儿不好意思了。

不过结局很圆满啊!这肯定也是我的功劳,他们应该好好谢谢我!

魔法使者的妹妹笑嘻嘻地说:

"哎呀!看来用不着等到明年啦!黑猫真的能带来好运啊!我的预测相当准啊!"

"你俩真会给人添乱啊!"

短发男人挠挠头望着他俩。

"那个学校,你俩去就行了!"

"咱们不是要一起去吗?"夏目小姐的弟弟和扎马尾辫的女人同时说道,他俩好像已经相当默契了。

见此情景,短发男人瞬间做出像是肚子疼的表情。他吃了什么不该吃的东西吗？

"实话跟你们说了吧,另一所大学给我发来了体育生推荐函,今年我也打算去那边看看。"

"之前没听你说过啊,你怎么现在突然要去？"

面对夏目小姐的弟弟的疑问,短发男人说:

"不突然,我一直在考虑。最近运动成绩一点儿也没提高,我本来打算上大学后不再搞田径了,但是我刚刚下定了决心,要继续坚持下去！"

扎马尾辫的女人目不转睛地看着短发男人,就像老猫注视着第一次外出的小猫似的,目光里充满了关爱与温情。

"你已经决定了吗？"

"我已经决定了！"

"我支持你。你一定要争取参加奥运会啊！我再给你做个护身符！"

"那就拜托啦！"

短发男人点点头,对扎马尾辫的女人耳语道:

"以后夏目就交给你啦！这家伙比你想象的要迟钝得多！"

"明白,交给我吧！"

"你俩怎么又嘀嘀咕咕的？"

短发男人望着夏目小姐的弟弟微微一笑。

"你不支持我吗？你是第一个说我跳高的姿势很漂亮的人,是第一个夸我有运动天赋的人！你还说要我替你圆奥运梦呢！"

夏目小姐的弟弟沉默良久，垂着头小声说：

"你能继续搞田径，我当然高兴，可是咱们在不同的大学学习，我心里总觉得有点儿空落落的。"

"只是'有点儿'吗？"

"有点儿。"

短发男人听出夏目小姐的弟弟在逞强，他微笑着说道：

"虽然咱们不在同一所大学，但是这两所学校离得非常近，坐一站电车就能见到，咱们可以随时见面！"

夏目小姐的弟弟问短发男人：

"你没有事瞒着我了吧？"

"没了。"

"我才不信呢！"

短发男人坏坏地一笑。

"露馅儿了，没办法。看来该告诉你我最后的秘密了。其实，我哥哥中了一亿日元的彩票！"

"你说的是真的吗？我姐姐只中过三百日元的彩票！"

原来夏目小姐买的彩票没中大奖，我现在才知道。

"我好想看看银行的存折，上面写什么了？"

见夏目小姐弟弟对彩票的事这么感兴趣，扎马尾辫的女人不禁笑出声来。

"肯定不是真的啦！"

"你们又在骗我吗？"

看着夏目小姐的弟弟生气的样子,短发男人爽朗地笑起来。

"他从小就这样,对各种童话和传说深信不疑!"

扎马尾辫的女人像是吃到了特别好吃的东西,满脸幸福地微笑道:

"夏目君这一点好可爱啊!"

"别把我当傻瓜!"

刚要动怒的夏目小姐的弟弟,听到女朋友的夸奖,立刻喜形于色。

短发男人看着他俩,脸上露出一丝失落。

"你俩别在这里磨蹭啦,快去看学校吧,时间宝贵!"

短发男人使劲儿拍拍两人的后背,推走了他们。

"回头再联系,晚上咱们在大巴车上会合。"

"嗯,回头见!"

夏目小姐的弟弟和扎马尾辫的女人并肩向车站走去。

短发男人用力挥手,目送两人离开,魔法使者的妹妹看着他们的背影问短发男人:

"除了中彩票,你还说了别的谎吧?"

"我没说谎。我确实被推荐了,只是因为我太犹豫,拖延了太久没有回复,最后被取消了推荐资格,可能是太晚了。"

两人一边说,一边走出小巷,回到商店街。

"我问的不是这件事,是你把她当成妹妹的那句话。"

"我说过那句话吗?"

"你用不着在我这个陌生人面前说谎,实话实说吧!"

短发男人像只闯了祸被捉现行的猫,再也掩饰不下去了。

"半真半假吧!我在考虑自己选择哪所大学的时候,突然意识到了我对她的感情。"

"你不告诉他们你真正的心思,这样真的好吗?"

短发男人轻轻摇摇头。

"他俩比我聪明,可在恋爱这方面却很笨,如果我不帮助他们,他们可能一辈子都不知道表达自己的爱意。"

"原来如此,也够难为你了。"

"以后夏目要是做出什么对不起她的事儿来,把她惹哭,我肯定不会坐视不管的!"

短发男人抬头看看天,积雨云越来越厚,越聚越多,远处又传来雷鸣声,看来马上就要下雨了。

"我很清楚我们三个人不可能一直这样下去,总要有一个人退出。虽然我想得很清楚,但真的要做出决定,却比想象中难很多啊!"

短发男人说话时身体轻轻摇晃了一下。

魔法使者的妹妹拍了一下他的肩膀,在一个炒面摊旁停了下来:

"大叔,来份炒面!"说罢,她转向短发男人,把炒面递给他,"给你,不够的话,再来一份也无妨!"

接过炒面袋的短发男人皱起眉头。

"我不爱吃红姜,这面的颜色好奇怪,我不喜欢!"

"有人请你吃炒面你还挑三拣四,这可不行!你这个样子踏入社会是要吃苦头的!年轻人,谨言慎行啊!"

魔法使者的妹妹用双臂抱住自己的身体,做出吓得全身发抖的样子。

"咱们的年纪相差不大啊!"

"社会有光明的一面,也有阴暗的一面。"说罢,她突然拿走他手中的炒面,转向面摊,"大叔,请在这份炒面上多加些红姜!"

短发男人的炒面上撒满了红姜。短发男人虽然有些不悦,却笑了笑说:

"你这个人真是不按常理出牌啊!"

"夏目那小子也这样说我。不如意的时候,正是克服困难的好时机。反正现在已经很不如意了,以后会比现在更不如意吗?有些味道要尝过之后才知道,尝尝这些红姜吧!"

短发男人微微一笑,用一次性木筷将炒面和红姜一起夹起来,送入口中。他吃了一会儿后,轻轻点头。

"红姜没有想象中那么难吃!"

"哈哈,其实我也不爱吃红姜,来,咱们一起吃!"

魔法使者的妹妹也从摊主手里接过一份加满红姜的炒面。

"争强好胜也该有个限度吧!"

"那小子也对我说过类似的话,你们真不愧是铁哥们儿啊!"

短发男人的脸上掠过一丝被触痛的表情,但马上又笑着说道：

"因为我们相处的时间比较长，所以连喜欢的女生都一样……真是太麻烦了！"

"你以后也会和他一样，找到你喜欢的女生。你比夏目君更受女孩子欢迎，这是肯定的！"

"今后面对机会，我再也没有犹豫的理由了，不管什么比赛，我都会全力以赴！"

"不愧是让夏目君望尘莫及的大帅哥啊，气势就是不一样！"

可能被魔法使者的妹妹爽朗的笑声感染，短发男人也放声大笑起来。看来他的心情好多了。

"刚才那只黑猫，身上好像有一片白色的区域，那应该就是人们常说的'天使印记'吧，据说摸摸它可以给人带来好运。"

"天使印记？"

"是的，摸摸它就会有好运，我哥哥和夏目君的姐姐好像就是因那只猫而结缘！"

"有这种事儿？那只猫好厉害呀！"

"是呀，好厉害的猫……咦，那只黑猫到哪儿去了？"

魔法使者的妹妹和短发男人朝我所在位置的相反方向找去。远处雷声滚滚，马上就要下大雨了。

在大雨来临之前，我也赶紧回去吧！

猫的恋爱很麻烦，而人类的恋爱看起来更加复杂。有些恋情开花结果，有些恋情枯萎凋零。

至少,夏目小姐的弟弟的恋情进展顺利,这无疑是身为幸运黑猫的我的功劳。所以,要是以后夏目小姐的弟弟再来他姐姐家做客,我希望他也能带点儿猫零食和猫玩具来酬谢我。

9. 看来我的尾巴还得忙一阵子

客厅的桌子上摆放着许多鱼,看起来美味可口,盛放海苔和醋拌饭的大餐盘也准备好了。

今天的晚饭是边做边吃的手卷寿司。为招待来做客的魔法使者的妹妹,餐桌上的菜比平日更丰盛。

我想瞅个机会弄点儿生鱼片吃,可我跳上桌,前爪刚伸向盘子,就被夏目小姐发现了,接着我就遭到了无情的斥责。

我无可奈何地爬上猫爬架,伸展开前腿,耷拉着爪子,远远地看着他们三个人吃晚饭。

夏目小姐一边卷金枪鱼寿司卷,一边说道:

"那小鬼跟发小恋爱了呀!甜蜜青涩的感觉真让人羡慕啊!对了,过一阵子,我的小学同学们也要聚会啦,小学同学中可能也会有在一起的幸福伴侣吧……"

夏目小姐像热恋中的少女般痴痴地想象着,米粒从手里拿着的寿司上掉落下来都没察觉。

吃饭的时候应该严肃点儿!要是流浪猫吃饭的时候胡思乱

想,食物就会被别的猫抢走。人类往往因为自身的优越感而忽略掉许多潜在的危机,真是不懂事!

夏目小姐已经成年了,想要培养她的这种危机意识已经很难了,而她的两个孩子还是可以教一教的,我一定得彻底让他们懂得食物来之不易,要让他们对食物提供者充满感恩。

"可以再来杯茶吗?"

听到魔法使者的妹妹的声音,夏目小姐终于收回思绪,回到现实中来。

"嗯,我去拿新的。"

魔法使者的妹妹盯着走向冰箱的夏目小姐的背影。

"哥,你不给钓到的鱼加饵,就那么晾着,激情不足,嫂子说不定要去同学会上找初恋了哦!"

魔法使者轻轻打了一下在自己耳边小声嘀咕的妹妹的脑袋。

"别胡说!"

"我开玩笑的!我从你妻弟那里听来不少消息哟。"

"什么消息?"

"嫂子是打心眼儿里喜欢哥哥的,因为她特别喜欢反差感!"

魔法使者一惊,被手卷寿司噎着了,不住地咳嗽,难受得不得了。魔法使者慌忙喝了口茶水压了压,接着又问:

"反差感是什么意思?"

魔法使者一脸不解地盯着妹妹。

"具体内容可不能从我嘴里说出来!"

"别吊我的胃口啦!"

夏目小姐端来新茶,给魔法使者兄妹的杯子里加满。

"怎么啦?"

"没什么。"

魔法使者赶紧抢过话头,使劲儿摇着头。

"直接问本人不是更好吗?如果你俩想卿卿我我,最好等我走后再开始,刚刚失恋的单身女人受不了这样的刺激!"

"你这丫头,说什么呢……"

魔法使者和夏目小姐都脸红了。

魔法使者的妹妹嘴角含笑,默默地打量着他俩。

"你俩再有个孩子也只是时间问题啦!"

"开玩笑也得有个限度!"

"没开玩笑啊!我只是很羡慕你们能遇到自己的真爱。我也想早点儿找到一个人,每天跟我如胶似漆!来,你们也祝我爱情美满吧!"

发布完这份宣言的魔法使者的妹妹做了三文鱼和盐渍鲑鱼子手卷寿司,她两只手各拿一个寿司,左一口右一口地啃着。这是多么奢侈的吃法啊!以后我也要试试这种吃法。

魔法使者叹了口气。

"你不是说要一个人过下去吗?"

"人跟猫一样,想法会随心情变化的!"

她一旦词穷就拿猫举例子,我叫了一声表示抗议,他们当然听不懂。

没过多久,魔法使者的妹妹就不吃了。她吐了口气,不断地摸着肚子。

魔法使者问:

"吃这么少?不像你呀!这里没外人,你用不着客气,接着吃!"

"我心里装满了你俩的幸福甜蜜,肚子也胀鼓鼓的啦!"

"讲话能不能别带着讽刺?"

"我跟你开玩笑呢!我刚才在夏日祭的小摊上吃了刨冰、炒面和香肠。"

原来魔法使者的妹妹吃完炒面之后还吃了香肠,多半还是争强好胜的秉性使然,真是个不讲究的女人!

"真拿你没办法啊,我们特意给你准备了这么多吃的!"

"抱歉,事出有因嘛,我也是不得已而为之。"

不错,她吃刨冰和炒面确实事出有因,可在那之后又吃了香肠,那就只能将其判定为嘴馋了。既然她都说吃不下了,那么魔法使者的妹妹的那份能不能分给我一点儿?不管量多量少,我已经做好沾点儿光的准备了。

这时,室内门铃对讲机响起呼叫声。

"今天客人真多啊!"

夏目小姐走向玄关。我瞅准时机,从猫爬架上一跃而下,本想偷一条鱼吃,结果被魔法使者瞪了一眼。这种场合,蛮干绝对不行,我只好乖乖地将目的地改成了玄关。为确认访客是否可疑,我跳下桌子追了过去。

访客是那两个小鬼,那一对少年男女。

这两个孩子大概刚去过夏日祭,戴眼镜的少女身穿可爱的金鱼图案长衫。跟第一次相遇时比,他们都长高了不少。

戴帽子的少年手里拎着个小西瓜。

"我妈妈让我们拿来的。"

"哎呀,你们还特意送东西来,太谢谢啦!"

夏目小姐接过西瓜。夏目小姐接受那两个小鬼带来的东西,让我很不痛快,不过既然她已经收下,我也只能由着她了。

夏目小姐问戴眼镜的少女:

"小白猫还好吗?"

我在宠物医院奇迹般地复活那天,一直喊我老爸的那只小白猫被戴眼镜的少女带回了家。从那之后,我外出巡视时偶尔会遇上它,现在小白猫已出落成一位优雅的"女士"了。

"小白猫昨天生小猫了!"

"真的吗?生了几只?"

"一共生了三只。一只白色的,一只黑色的,还有一只带花纹的,最小的黑猫肚子上有白花纹,跟小黑很像!"

两个孩子和夏目小姐一齐看向我,夏目小姐坏笑着说:

"外孙像外公也很正常呢!"

她在说什么呀?我都说了我不是小白猫的老爸了!

"我下次去看看。你们回家跟妈妈说,谢谢你们特地给我送来西瓜!"

目送两个小鬼离开后,我跟夏目小姐一起回到客厅。

夏目小姐回到客厅,说起生小猫的事,魔法使者眯起眼睛,似乎很开心地看着我说:

"小白猫也长大成人了,咱们同为爸爸,要一起加油哦!"

魔法使者的妹妹也看着我笑了。

"不错嘛!恭喜!"

夏目小姐把切好的西瓜端了过来。

"来,请吃西瓜吧!"

"吃瓜喽!"

魔法使者的妹妹挑了一块最大的西瓜啃起来,她的哥哥呆呆地望着她。

"你不是吃饱了吗?"

"吃饱了也不影响再吃点儿水果!"

魔法使者的妹妹抿嘴一笑,真是个爱吃的女人。

无论小白猫是不是我的孩子,它跟我都有很深的缘分。它能平安生下宝宝是件大喜事,我决定过几天去看看它们母子。

小白猫第一次养育子女肯定会手忙脚乱,说不定我可以帮它哄哄小猫。

　　人的孩子两个,猫的孩子三只,而我用来逗他们的尾巴只有一条,要照顾的对象太多,看来我的尾巴还得再忙一阵子。

我是猫,我可没打算封神

1. 我也会哄孩子

春有春的生机,秋有秋的色彩。

一到这个季节,人们似乎都迷上了红叶,但这跟我毫无关系,因为我们猫无法理解人们欣赏树叶色彩变化这一行为。

前两天,我和夏目小姐在公园散步,她仰望着成排的树木,不禁发出感慨。

"树叶全变红了,真漂亮啊!"她看看我,大概是希望得到我的认同,而我生来就分辨不出来所谓的红色。在我眼里,树叶的颜色似乎没有什么变化。

人和猫看到的颜色好像不一样,其原因是什么,我也无从知道。

无奈之下,当时我只好随口"喵"地叫了一声,算是对她的回应。反正我说什么她也听不懂,就算我敷衍她,应该也不会有什么问题。

尽管如此，就算我能够以观察夏目小姐这样奇怪的人为乐，但想到那些我因看不清而无法理解的东西，心里也有些失落。不过这也没办法，猫和人在体形、外观等方面都大不相同，生理功能上有所差异也不足为奇。

不过，我并不在意这些。正因为存在这些不同，人和猫才各有特点，有不同的能力，要是人和猫各方面都一样，那世界上也就没有人猫之别了。

与其因为自己所没有的东西而感伤，不如好好珍惜已经拥有的东西，让自己过得更快乐，在这一点上，人和猫是一样的。

我有时也会怀念自己当流浪猫的那些自由自在的日子，但既然现在我决定和夏目小姐他们一起生活，稍微牺牲一点儿自由也没什么。偶尔出去放纵一下就挺好，毕竟流浪猫也有流浪猫的苦。我对现在轻松愉快的生活非常满意。无论在什么时候，知足都是很重要的。

现在我并不想思考红叶之类的问题，我只想思考怎样利用这一条尾巴，高效地哄双胞胎弟妹和小猫们开心。怎样照看好这些小东西，这才是我当前的主要课题。

怎样照看好双胞胎尤其令我发愁。我不能像照看小白猫那样随意地逗他们玩，人类的婴儿可不像小猫那么聪明敏捷。

在他们面前摇动尾巴的速度和力度是有讲究的，尾巴摇得太快，他们会因看不清楚而大哭，如果摇得太慢，尾巴就会被他们抓住，被他们拉扯。

今天,在出门巡视之前,我打算好好地哄一哄双胞胎。我密切地注意着孩子们的情绪变化,巧妙地甩动尾巴,最大限度地满足了双胞胎的好奇心。玩了一会儿,他们都累了,安静地进入了梦乡,而这时也刚好到了他们的睡觉时间。

"小黑,总是这样麻烦你,谢谢啦!"

夏目小姐给双胞胎盖好被子,温柔地看着我笑。

他们可是夏目小姐的宝贝儿子和宝贝女儿啊!我既然受夏目小姐的恩惠,帮她干点儿活儿也是应该的。可惜我说的感激的话,她也听不懂,我便"喵"地叫了一声作为回应。

"白天,我又要做家务,又要照顾两个孩子,真有些应付不过来。你帮我照看他们,可真是帮了我大忙!"

夏目小姐把我抱起来放在膝盖上,跟往常一样,她抓住我的前腿揉捏,她笑眯眯的,一脸幸福的模样,真是个恋猫狂!

"啊,我觉得心里好踏实啊!"

她揉捏够了,便放开了我的前腿,开始抚摸我的脑袋,我眯起双眼,跟以前相比,夏目小姐抚摸猫的技巧提高了不少。

对,是那儿!对啦,真舒服!再挠挠,这儿也要!

夏目小姐的手突然停住了,她打了个哈欠,没精打采地眨了几下眼睛,迷迷糊糊地睡了过去。

她和那对双胞胎不愧是母子,入睡速度都一样快。看到双胞胎睡得这么香,她肯定也想睡一觉了吧!人类的母亲要操心的事情特别多,确实很不容易。

和人类的孩子相比,我们猫的孩子很快就能够独立生活,不需要母亲过多操心,人类却做不到这一点。或许夏目小姐也该趁现在双胞胎睡着,踏踏实实地睡一觉。

我小心翼翼地从夏目小姐的膝盖上溜下来,我不想惊扰她,可事与愿违,我还是弄醒了她。

夏目小姐揉着眼睛问:

"你要出去吗?"

我"喵"地回应了一声。

"是吗?路上小心,快去快回!"

在夏目小姐的目送下,我穿过客厅,从大拉门的缝隙里钻出去,来到屋外。

2. 我没有那么厉害

秋天来了,似乎所有人的食欲都旺盛起来。过了台风季,天气晴朗时,出来散步的人多了,投喂流浪猫的人也多起来,我还是流浪猫的时候,也跟着蹭到了不少好吃的。

不过,如今的我已不再是流浪猫,而是被夏目小姐收养的家猫。通常来说,家猫一直待在家里最稳妥,可我每天不到外面逛一圈心里就不踏实。我必须外出巡视一下我的地盘。

我的地盘还是那个小公园。我在凉凉的长椅上伸开前腿,舒舒服服地躺下,我打算稍微晒会儿太阳就回去。

突然,两个女高中生看到了我,走了过来。一个女生又高又瘦,另一个却胖乎乎的,真是一对不匀称的搭档!她们身穿附近学校的制服。

"找到啦!就是这只猫!"

"这只猫真的会带来好运吗?"

她们一边摆弄着手机,一边将我的脸跟手机上的图片进行对比。

"网上这不是写着吗?多亏这只猫,夏目小姐才顺利地结了婚!"

她们好像知道我的主人是夏目小姐。夏目小姐经常用手机对着我拍照,并且把照片上传到社交媒体上。如此说来,这两个女高中生也是在网上看到我的消息,慕名而来。

真没想到,素不相识的人类女性会特意跑来见我,我也成了名猫!不过我不敢自我陶醉,一种不祥的预感笼罩了我。

又高又瘦的女高中生目不转睛地看着我说:

"这只猫绝对有什么了不得的神力!据说,有一次,它昏迷了一个多星期,差点儿没命了,最后竟然醒了过来,你看它现在多精神,真是太厉害了!"

"确实太厉害啦!"

太厉害是什么意思?我没有那么厉害,不要把我说得像个怪物一样,太没礼貌了!

女高中生突然将手机对准我拍起照来。

"把照片设置成待机画面就行吗?"

"对!听说,摸摸它的头就会有好运!"

"真的?"

"我是听二班的同学说的。对着它的照片许愿,愿望最迟一周左右就会实现。有个同学摸过它的头,她的愿望第二天就实现了!"

两个女高中生紧紧地盯着我,我觉得她们的眼睛里满是杀气,非常可怕。

"可我小时候手被猫抓过呀!"

"别怕!真心实意地跟它许愿,你的表白肯定会成功的!"

"嗯,我试试!"

瘦高的女高中生推了微胖的女高中生一把,微胖的女高中生走到我的身边来。

"雅美不来,雅美不来……"

微胖的女高中生嘴里嘟囔着我听不明白的咒语,念念有词。她战战兢兢地伸出手,想把手放到我的头上。在她得逞的瞬间,我从长椅上一跃而下,与她们拉开了距离。

"喂!等等,你等等!"

我才不等她们呢。尽管时间尚早,但我还是决定立刻回家!

3. 我有点儿兴奋

最近有许多年轻人,也不打招呼,过来就对我动手动脚,实在是太没有礼貌了!要是想摸我,他们至少应该带些猫罐头或者猫零食来,先跟我交个朋友,谁愿意让陌生人摸来摸去呢!

吃着夏目小姐给我准备的饭,我向她汇报了今天的所见所闻。尽管无论我怎样"喵喵"叫,她都听不懂我说的话,但告诉她巡视的结果,是我作为一只家猫应尽的义务。

"今天你好像特别饿,吃起饭来狼吞虎咽的,好像还有话要说,你遇到什么不开心的事了吗?"

夏目小姐的观察力不错,我今天有点儿兴奋,这一点确凿无疑。

我的魔法使者下班回来,边解领带边说:

"难不成是因为这件事?"

夏目小姐睁大眼睛盯着魔法使者递过来的手机,呆呆地看着上面的图片。

"这是咱们婚礼结束后拍的照片吧?"

手机显示的好像是身穿白色婚纱的夏目小姐怀里抱着我的照片。

上次我住院的时候,夏目小姐在宠物医院里邀请我出席他们的婚礼。后来,他们兑现了承诺。

那天,我和新郎新娘同坐一桌,一边饱餐高档猫罐头,一边祝福新人婚姻美满。我本来打算为他们献上一段精彩的猫舞，很遗憾，我跳得没有想象的好看，要是提前多练习一下就好了。可惜那时候我大病初愈，无法长时间练习舞蹈，所以只能随意表演一下。

要是再有喜庆场合，我肯定提前准备，在大家面前好好露一手，但至今为止，我没有再遇到合适的机会。不过，我闲暇时，也会练上一会儿，当然，这是只属于我的秘密。

"在那么多地方拍了照，说起来有点儿丢人啊，不过当时真的很开心！"

盯着手机屏幕的夏目小姐脸上露出微笑。

夏目小姐看的是婚礼结束后他们跟我一起合影留念的那些照片，拍照的地点有我那个小公园、拉面馆门前、秋刀鱼烧烤节会场等地方，那天，我们把所有留下我们回忆的地方都转了一圈。穿着婚纱的新娘和身着礼服的新郎在街上转来转去，跟猫合影留念，在路人看来，肯定有些奇怪吧！

魔法使者指着手机说：

"这张照片好像挺火！"

"这张照片挺火？"

"因为它，我妹妹最近跟她的男朋友和好了！"

"就是那个搞乐队的男生？"

"就是他。他俩一起看了小黑的那几张拍得不太好看的照片之后，大笑一场，冰释前嫌。"

莫非是魔法使者的妹妹和夏目小姐的弟弟上次暑假来这里时看的那张照片？就是那张我看起来像社团大佬一样的照片？

"哈哈，看来这只黑猫又促成了一段姻缘！"

"看来是这样的！"

原来是这样！与其说我有促成姻缘的能力，倒不如说夏目小姐拍摄的那些难看的照片可以使人冰释前嫌。当然，既然我的照片能让他们重修旧好，那么我应该也有九成的功劳吧！

在自己并未现身的地方被他人嘲笑，这让我有些不痛快，但是我总算又做了一件好事。我觉得魔法使者的妹妹应尽快给我送一些猫罐头和猫零食来，安抚一下我因被嘲笑而受伤的心灵。

话虽如此，我没有跟魔法使者的妹妹取得联系的方法。也许魔法使者可以用他的手机联系到她。我一直对手机很好奇，很想使用一下，不过，我不确定自己软软的肉垫是否能顺利地使用它。

魔法使者朝我这边看了一眼，像是受到那视线的牵引，夏目小姐也将目光投向我。

"我妹妹不光自己秀恩爱，她好像把咱们俩、她和她的男友、你弟弟和他的女友这三对情侣，在黑猫的帮助下获得幸福的故事都发布到了社交媒体上。现在，肚子上有白色花纹的黑猫小黑，已经成为一只网红猫。"

"原来如此，没想到我们的小黑现在居然成了网红猫！"夏目小姐转向我，拍拍我的头，"你让那么多的人幸福起来，真是太了不起了!"

夏目小姐摸摸我的脑袋。我最喜欢别人夸我了,特别是夏目小姐!再多夸几句,再多摸几下吧!我心情大好,嗓子里发出呼噜声。

"一个看了我妹妹写的帖子的女高中生说,她自己也拍了张附近公园里的黑猫的照片,设置成手机待机画面后就交上了男朋友。她说就是那只带来幸运的猫给了她好运气。她这么添油加醋地一宣传,现在小黑更火了!"

夏目小姐看看我,又看看手机,说:

"哎,真厉害啊!小黑应该叫'爱情猫神'!这样的话,说不定你真的能成为一只名猫!"

我"喵"地叫了一声,我想说我已经成名了,可惜她依然听不懂。

"今天客户也跟我聊起这件事,说他的女儿也正在寻找这只神奇的猫,我没好意思说小黑是咱家的猫,只是附和了他几句。看来,小黑的名气比我想象的大得多。"

"这就有点儿让人担心了啊!"

"别惹出什么麻烦就好!"

夏目小姐和魔法使者看看我,脸上露出了愁容。

4. 我好像已经成了"猫神"

夏目小姐和魔法使者的担心并不多余。

我真的被网友误传为"爱情猫神"。

据说,对着我的照片许愿、摸摸我的脑袋都能提高恋爱的成功率,不仅如此,朝我拜一拜也能提升自己的爱情运势。

将夏目小姐跟魔法使者撮合在一起确实是我的功绩,这是不容置疑的,可我也没有那么大的本事,保佑那么多陌生人爱情美满啊!

现在,被人们神化的我已经无法掌控事态的发展,我想请求他们停止疯狂的行为,可他们不懂猫的语言,我也无法向他们解释,只能听之任之了。

从客观的角度来说,我确实促成了夏目小姐与魔法使者的姻缘,但是从主观的角度来说,我并没有刻意为他们牵线搭桥,我只是单纯地寻找我的供餐员夏目小姐,顺便帮了他们一把而已,因此,我并不是真正的能促成姻缘的"爱情猫神"。

不知人们是如何把我能促成姻缘这个消息散播出去的,跑到我跟前拍照、抚摸、膜拜的人络绎不绝,我快要受不了了。

这天,我来到自己原先留宿的小公园,往长椅上一躺,准备晒太阳,这时,那些求姻缘的人就一下子都跑了过来。

来向我求姻缘的人里有学生、有白领,还有一些中老年人,他们一拨接一拨,源源不断,节假日甚至会有三四个人排队来找我拍照。

要是在我面前摆个钱匣子,向来求姻缘的人收费,说不定我的收入比魔法使者的收入还要多,那样的话,我也许真的会发一笔横财。

来向我求姻缘的人里,甚至还有一位拄着拐杖的老妇人,她都到了不依靠"第三条腿"就无法行走的年纪,依然为爱情而祈祷,这真让我无法理解,不知该说她虔诚还是可悲。

"雅美不来,雅美不来……"

前来求姻缘的人嘴里都重复着类似咒语的句子,他们还试图抚摸我的脑袋,不仅如此,他们还像拜神那样双手合十地膜拜我。

这样一来,我根本无法踏踏实实地睡觉,以致我最近睡眠严重不足。民间称猫为"寝子",即"睡觉的人",那睡觉也是猫的工作了。让我安静地睡一会儿吧!

来求姻缘的大都是女性,男人的自尊心使他们不好意思为爱情这种小事儿来这里膜拜一只猫。

其实我也不愿参与这种小游戏,但我也有无法抗拒这件事的理由。

这个理由就是所谓的成功的报酬。他们祈求的效果如何我并不了解,但是那些得偿所愿的人会回来向我道谢,并且给我带来各种各样的礼物。

最近很流行管状的猫条,这是一种我非常喜欢吃的猫零食,夏目小姐说为了我的健康一周只给我吃一次,而如果我继续接受这些人的膜拜,我就可以从谢礼中得到许多这样的猫条。

美味的猫零食吃起来真是过瘾呀!我无法抗拒其诱惑,正因为这样,过度饮食造成的消化不良也随之而来。

尽管我的肚子已被外面那些猫粮和猫零食撑得鼓鼓的,但是为了不让夏目小姐担心,回家后,我还是努力吃光她给我准备的饭。

正因为这样,最近我的体重飙升,连跳上长椅都有些费劲儿。我现在稍微活动一下,肚子就胀得像要把吃进去的东西都吐出来。看来最近我真的吃得太多了!

做任何事情都必须有个度,然而,当我认识到这一点时,一切都晚了。

5. 我不是黑色垃圾袋

"你这是怎么啦?瞧你那身子!"

跟我说话的是一只身材苗条的雌性俄罗斯蓝猫。

这是我的一位前女友。多年以前,我认识它时,刚刚沦落为流浪猫,它教会了我许多东西,是它让我成为一只合格的流浪猫。因为它的年纪比我稍大些,所以我要叫它一声"大姐"。

"我刚才还在琢磨,谁在这里扔了一个这么大的黑色垃圾袋,没想到走近一看,居然是你!"

一只流浪猫要生存下来,需要许多宝贵的知识和经验,它在这方面教了我不少东西,从某种程度上讲,我能活下来全靠大姐,我至今满怀感恩。

即便如此,它说我像黑色垃圾袋,这也太过分了!不管它曾经对我多好,它都不能说我像黑色垃圾袋。无论如何我都要替自己辩解几句,否则我永远都会被它看不起。

"对多年不见的老相识说这种话,你可够狠的呀!"

"那只用眼神就能把敌手'杀死'的硬汉猫到哪里去了?我心目中的你可不是一个靠人养活的窝囊废啊!"

在口水仗中战胜一只母猫,这绝对是痴心妄想。如果现在我转移话题,母猫会大发脾气,我只能乖乖地听着她的训话。如果我认认真真地和她争辩上几句,那么我可能还没来得及说上几句,就挨了母猫几记猫拳。虽然要听,但也要最大限度地防止发生口角,聊一些无关痛痒的内容,才是心智成熟的绅士的做法。

"你千里迢迢地过来,就是为了来找我的碴儿吗?你可真有闲情逸致!"

"千里迢迢来找你,当然不是为了跟你吵架!"

大姐用暧昧的眼神盯着我,她身材匀称,容貌姣好,毛色艳丽,是只漂亮的母猫。

大姐发出令同类难以抵抗的咕噜声并弓起身体,雌性荷尔蒙的气味散发出来。

我对她约会的邀请没有什么兴趣，一是因为我吃得太饱，一动身体就有些不舒服，二是因为如今我已去势，对母猫不再感兴趣了。

"你找错约会对象了！"

大姐背后的几只公猫正虎视眈眈地盯着我，它们看起来不怎么眼熟，平时应该不怎么在这一带活动。那只跟我一起玩过小树枝的茶色虎纹公猫也在其中，它们大概都在寻找约会对象，所以离开了自己的势力范围，到这里来了。

大姐原来是这一带的猫老大的女朋友。猫老大就是那个曾经给我讲过电车幽灵故事的猫前辈。它是只混血猫，有长毛种族的血统，胸口有一团又厚又密的白毛，看起来相当威武。

因为我这段时间经常缺席猫集会，所以对附近猫的新闻也了解不多，最近，猫老大好像去世了。今年夏天持续高温，有几只年纪大、体质差的流浪猫没熬过今年夏天，其中可能就有猫老大。

听说，猫老大死后，候选下一届猫老大的年轻公猫们就对大姐展开了争夺。

"我本以为下一届猫老大非你莫属，可是你现在又懒又肥，我看你不太可能当选喽！"

"我现在是夏目小姐家的家猫，我才不管下一届的猫老大是谁呢！"

"哎呀,那太可惜啦!不过,就算是家猫,满身松垮的赘肉,也不讨人喜欢吧?"

"不用你管!我在人类女性中正大红大紫呢!这点儿赘肉算什么!"

"你不过是一只猫,不要自视太高!"

一群麻雀飞过,大姐将目光投向天空。我也抬头看去,天气晴朗,我的眼前是一片美丽的淡蓝色天空。

用夏目小姐的话说,现在正是秋高气爽的季节。对无法飞翔的我们来说,天空的高低并不影响我们日常生活,对此,我不愿意太费心思。

人类却总是纠结那些与自己无关的事,喜欢胡思乱想,因此,人们每天都活得很累。

我只考虑眼前的事,回家后有饭吃就行,如果夏目小姐或魔法使者能给我挠痒痒更好,两个孩子也健健康康的话,那就再好不过了。生活还有什么别的可期待的吗?无欲无求才能逍遥快活。

大姐突然转头看着我。

"你不会是爱上了你的主人吧?跟人类谈恋爱可生不了孩子哟!"

"我明白!"

"以后你可别像咱们刚认识时那样,说自己被人类骗了,每天哭丧着脸。"

大姐轻轻甩着长长的尾巴。

"我觉得最好还是别太相信人类,他们毕竟跟咱们不一样。"

大姐大叫了一声,准备率领那群公猫离开公园。有只公猫想趁机扑到大姐身上,却被它狠狠地打了一拳。哎呀,流浪猫的生活真精彩呀!

那群公猫见过大姐翻着白眼睡觉的样子吗?它们的年纪比我小,我想它们肯定不知道吧!

人类有句俗语:"不知道,不烦恼。"可能的话,我也不想知道大姐那难看的睡相。话虽如此,如果只是因为女朋友睡相难看就对其心生厌恶,那说明感情还不够深。和它在一起时,我倒是因能看到完美无瑕的大姐露出不雅的一面而感到高兴。

人也好,猫也罢,谁都有不想被恋人或朋友了解的一面。

大姐说"最好还是别太相信人类",这并非给我添堵,她这么说是有原因的,她曾经也是家猫。

她原本住在豪宅里,过着衣食无忧的生活,突然有一天,它的幸福生活终结了,它的主人的公司倒闭了。大姐记得,主人趁着夜色悄悄地从家里溜走了,主人离开前泪流满面地对它说了一句"抱歉"。它对当时的一切记忆犹新,可它却始终想不明白,主人为什么会狠心抛下它,至今它也没得到一个明确的答案。

从那以后,大姐再也不相信人类了。

也正因为这样,它才跟已成为家猫的我闹别扭。大姐认为我肯定还会被人类抛弃。它这样想,也是有道理的。

我不是预言家,未来会怎样我不得而知。或许我会再次被主人抛弃,我无法否认自己确实这样想过。

尽管如此,我还是愿意相信夏目小姐。无论发生什么,我都坚信我们会幸福地生活在一起,就算未来有种种不如意。

6. 我不是人,不是狗,我是猫

"果然在这儿!"

我正狼吞虎咽地吃着来求姻缘的人送给我的猫条,那东西实在是太好吃了,它让我飘飘欲仙。

夏目小姐将我抱了起来。真尴尬呀,偷吃猫条被她捉住了。

"难怪我最近觉得你胖得离谱儿,原来你在这儿偷吃东西呀,我真拿你这人没办法!"

我不是人,是猫!

我"喵"地叫了一声以示抗议,她仍听不懂。

来求姻缘的微胖女高中生问:

"莫非您就是夏目小姐?"

"是,我是夏目。"

"咱们可以握个手吗?"

"握手?"

"多亏您家这只猫给我带来的好运,我交上了男朋友!"

微胖女高中生伸出手,夏目小姐一脸为难地跟她握了握手。

"谢谢您!这是送给猫的礼物。"

微胖女高中生把好几根管状猫条递给夏目小姐,挥挥手走远了。

夏目小姐一脸迷惑地目送女高中生离开,接着她又看了看我,轻声叹了口气。

"唉,你去检查一下身体吧!"

啊?我不去!

我拼命反抗,但根本无法从夏目小姐的怀里挣脱。这种时候,她的力气总是大得惊人!无奈的我被带到了那个老地方。

我被带去的还是那个老地方——我以前来过的那家宠物医院。兽医微微一笑,对夏目小姐说:

"一只肥猫啊!"

"可不是嘛!"夏目小姐也苦笑道。

"最近很多猫主人喜欢拍摄猫咪吃东西的视频,然后上传到网上供大家欣赏,这使许多猫因吃了太多猫粮、猫罐头和猫零食而变得肥胖!"

"真对不起……"

尽管不是夏目小姐的错,但是她却要替我道歉,我更加内疚。

最近,夏目小姐喜欢看的电视剧里经常出现职场新人因做错事而被上司斥责的画面。现在夏目小姐肯定也是那样的心情吧!

让身为上司的主人如此为难,是我这只身为部下的家猫的失职!我"喵"地叫了一声,我想对她说"真对不起",可惜她感受不到我想表达的歉意。

"这小子真是只肥猫啊!"

兽医东一把西一把地在我全身上下乱摸一通,还叫我肥猫,真是太没礼貌了!

显而易见,我确实是只肥猫,不用他说,我自己心里也知道,他何必要当众说出来呢?谁没有几件不愿意被人提起的事情呢!

不管怎么样,兽医这话说得也太直白了!难道他就不能说我的身材"不够完美"?他至少该用"小胖墩儿""小肉球儿"这种委婉的词儿来形容我吧!

这位兽医曾是我的救命恩人,可我还是受不了他挑战我的底线的行为,谁的心里还没有一条不可逾越的底线呢!

不过,无论我怎么想,终归无法让他们理解我的感受。我"喵喵"地叫着,将自己的不愉快表达了一下,其实兽医早就习惯了这一套,他只是象征性地摆弄了几下,便宣告检查结束。

这位兽医相当难对付。他长得像头熊,那庞大的身躯、那络腮胡子和那大得吓人的力气,给我十足的压迫感,在精神上,他也让我心怀畏惧。

忧心忡忡的夏目小姐问兽医：

"这小家伙不要紧吧？"

"坦率地说，它需要减肥了！"

"它需要节食吗？"

"虽然听起来很苛刻，但是为它着想，请您务必变成最严格的教练，监督它节食运动减肥！"

"明白了，我一定会变成最严格的教练！"

请不要做出这些离谱儿的保证！夏目小姐要是回家后变成最严格的减肥教练，说不定不仅会限制我的饮食，还会逼着我锻炼身体。如果她真的那样，我只能偷偷地逃走了！

夏目小姐听从了兽医的建议，表情怪异地点着头。

"这只猫平时总要出去转转，我估计它在外出的时候偷吃了不少东西。"

"那暂时就不要让它外出了，先把它关在家里观察一阵子吧。"

看来，在我的身材恢复前，我不能外出巡视我的地盘了。太惨了，我实在太惨了！

暴饮暴食的确是我的错，但是就因为这件事禁止我每天外出活动，实在太不近人情了。

夏目小姐沉吟了一下，问兽医：

"它本来是一只流浪猫，一直待在家里的话，会不会憋出病来？"

"你可以尝试用牵引的方式带它散步。"

天啊！用牵引的方式散步，不就是像狗那样拴着绳子散步吗？我怎么能受得了？我不是狗，我是猫！我"喵"地叫了一声，表示抗议，又遭到了他们的无视。

我的自由彻底终结了，虽说我这是自作自受，可我至少也该有点儿表示愤怒的权利吧！

离开宠物医院，在被夏目小姐领着回家的路上，我想到可能再也看不到自由的风景了，路上的景物就都变得闪闪发光了。

早知道会变成这样，肚子再怎么撑得难受，我也应该跟大姐约会一次，现在后悔也没有用了。

再见了，我的小公园、我的商店街、来求姻缘的人们，后会有期！

不知道那一天会不会到来，也许我会很快将一切忘掉，但我仍然努力记住现在所看到的一切，将它们铭刻于心。我"喵喵"地叫着，跟自由的时光挥泪道别。

7. 不是我的错

"哦，它是因为偷吃东西才变得这么胖的呀！"

刚洗完澡的魔法使者正在喝罐装啤酒，他听夏目小姐叙述完事情的经过之后将我拎起来说：

"它确实重了不少！"

夏目小姐给双胞胎喂完奶，像是想起了什么好笑的事，突然笑起来。

"它在家里不怎么要猫零食吃，我还以为它不喜欢吃猫零食呢！看到它那么起劲儿地舔着外面的人给它的猫条，我吓了一跳！"

"猫条有那么好吃吗？我也想尝一尝，就当是下酒小菜了。"

"不行！"

"广告上不是说，制作猫零食的原材料绝对安全，人吃也没问题吗？"

"不行就是不行！"

正在给我挠痒痒的魔法使者被夏目小姐瞪了一眼，只好不情愿地说了一句"好吧"。

想不到以前跟魔法使者在一起，羞涩得说话都结巴的夏目小姐，如今已经变得如此凶悍，而魔法使者则完全变成了"妻管严"。

"据说，那些猫罐头和猫零食是那些来向它求姻缘的人带给它的礼物，看来它没少吃那些东西！"

"名气大也不容易呀！"魔法使者说着，挠着我的下巴笑起来。

夏目小姐则轻轻地叹了口气。

"它万一吃了不干净的东西，后悔就来不及了，想想我就觉得后怕!"

"是啊!不过这小家伙很机灵,应该没问题。它好像一直在观察人类!"

魔法使者果然对我非常了解,真不愧是我的魔法使者!我不过是从求姻缘的人那里得到一点儿吃的,没有夏目小姐说得那么危险,我只是吃得稍微有点儿多,没什么大不了的。

夏目小姐严肃地盯着我的肚子。

"它要是真的机灵,就不会吃成这个样子!"

"它可能觉得浪费人家特意带来的东西过意不去,出于无奈才吃的!"

魔法使者说得对,再多说点儿给她听!变成现在这样不是我的错,都怪那些送猫罐头、猫零食的人太热情。

对流浪猫来说,食物都是上天赏赐的宝贝,虽然我现在已经是衣食无忧的家猫了,但我心里对饥饿的恐惧并没有消除。外面的食物,只要没毒,我都会本能地照单全收,这也是当流浪猫的经历在我身上留下的印记,不过,我并不想让他们知道这些。

"它在外面吃饱了,回到家里可以不吃嘛!"

"它大概是怕你以为它食欲不振,怕你担心它,才把家里的猫粮都吃光的!"

"看不出来呀,小黑这么会替人着想!"

"这件事的起因是我们结婚的照片发布到网上,并且产生了一些谣言,那些人才来投喂它的,只责怪它,未免太不近人情了!"

夏目小姐摸摸我的脑袋:

"对不起,给你添了这么多麻烦!"

算了,我就原谅你吧!变成现在这样,也怪我自己太贪吃。想到这里,我像往常一样"喵"地叫了一声,算是和他们和解了,不知道他们是否能听懂。

"我带它去散步!我正打算恢复每天早上的晨跑。"

两人婚后刚住进这里时,魔法使者每天早上都要晨跑,从家门口出发,跑到一个离家有一段距离的大公园再跑回来,这里说的大公园,可不是我以前住的那个不起眼儿的小公园。

双胞胎降生后,魔法使者全部业余时间都用来和夏目小姐一起照顾孩子,也就不再外出晨跑了。现在双胞胎长大了一些,夏目小姐自己能照顾过来,他又有了富余的时间。

"那就拜托你了!"

夏目小姐将牵引绳交给魔法使者,这条牵引绳就是夏目小姐在兽医的推荐下买的。

"从明天开始,咱们一起锻炼身体吧!"

魔法使者抓起我的一只爪子,跟我击了一下掌。

看来夏目小姐已经解除了禁止我外出的禁令,但像狗一样被牵着散步,还是让我难以接受,这种艰苦的修行明天就要开始了。

一想到明天早上就要被牵着散步了,我的心情就无比沉重。

外面下雨也要散步吗？应该不用吧！天啊，快下雨吧！我默默祈祷着。可是窗外的夜空星光灿烂，一丝乌云也没有。

我以前在电视上看到过，在古代，人们会做一种名叫扫晴娘的神秘白色布偶，人们可以用它祈求不要下雨，但是如果将其倒挂起来，天空就会下雨。

我现在被大家误封为"爱情猫神"，好歹也算个"神"吧，如果我来个倒立，天空会不会下雨呢？

我想倒立起来试试效果，便将后腿向上蹬，结果身子"咕噜"一下翻倒在地，跌了个跟头。

"厉害！真厉害！"

"翻得漂亮！"

看见这一幕的夏目小姐和魔法使者都为我拍手叫好。

不是你们想的那个意思！

我没想到自己的身子这么重，似乎已经不能做一些有难度的动作了。没办法，看来我只能老老实实地减肥了。

8. 我的精神压力太大了

我的愿望落空了，第二天早晨天空晴朗，秋高气爽。

我这辈子头一次戴上牵引绳外出散步，我这次去的不是我经常去的那个小公园，而是一个大公园。

这里种了很多树，原来好像是个植物园。这个公园树荫浓密，特别适合夏季乘凉，然而这里的秋季却让人怎么也喜欢不起来。

刚走进公园，我就嗅到一股难闻的气味。地面上散落着大量的银杏果，许多银杏果被人踩碎，暴露在空气中的果肉散发出刺鼻的气味。假如银杏树落下的只有黄色的银杏叶，那么这里也算得上是景色宜人了，然而银杏树上掉下来许多银杏果，它们被来往的人们踩碎，散发着难闻的怪味，像我这样嗅觉灵敏的游客，实在不愿意在这里停留。

人类是直立行走的，他们的鼻子离地面较远，可能觉得银杏果的怪味不太大，但我是贴着地面行走的，简直要被这种怪味熏晕了。一想到每天早晨都得闻这种怪味，我就十分烦躁！

我的精神压力就像往存钱罐里投放的硬币一样，体量越来越大，如果我不能在硬币溢出之前瘦下来，那么我的身体和精神都会扛不住的。

身穿跑步服的魔法使者低头看看我说：

"我好久没跑步啦，咱们先绕公园慢跑一圈吧！"

跑步路线怎样设定都行，我只想快点儿逃离这个奇臭无比的地方！我只有这点儿要求！我"喵"地叫了一声，想让他知道我的想法，可惜他还是听不懂。

"那我稍微加快点儿速度啦，你要跟上来哦！"

魔法使者加大步幅，他的双脚有节奏地交替落地，他跑步的姿势非常专业，一点儿多余的动作都没有，一看就知道他在田径方面是有功底的。夏目小姐跑得也很快，但算不上专业，而魔法使者和她不同，我这个外行也能看出来，他是个练家子。

如果时间能倒流回我发福之前就好了，这段路程对那时的我来说不过是小菜一碟，但是我现在的身体非常沉重，还没等我跑几步，我的四条腿就迈不动了，疲劳感像沙袋一样绑在我的身上。

不消片刻我就上气不接下气了。我张着嘴直喘气，可热气根本散不出去，我现在只想摊开四肢躺在凉爽的地上。

我为什么会沦落至此？这都要怪那些把我当成"爱情猫神"并且给我许多好吃的东西的人，我这次可真是被他们害惨了！

我们好不容易在公园里跑了一圈，回到了落满怪味银杏果的公园门口，精疲力竭的我闻到这怪味难受得要命！

"你才跑了这么一小段路就累成这样了？减肥挺辛苦的，你一定要坚持下去哦！"

亲爱的魔法使者，你少说几句安慰的话吧！我只想赶紧离开这儿！我快要被银杏果的怪味儿给熏死啦！求你啦，赶紧走吧！出于这样的考虑，我"喵"地叫了一声，拽起牵引绳就往公园外面跑。

"哦，来劲儿了呀！对，就这么跑！"

跟往常一样，他还是听不懂我的话。不管怎样，为了逃离这恶臭之地，我拼命地往家跑。

"小黑,辛苦啦!从今天开始,你就只能吃这些啦!"

夏目小姐将一个盘子端到我眼前,我看到盘子里盛的东西都不是我平常吃的东西,这大概就是所谓的减肥餐吧!

这减肥餐没滋没味的,而且量非常少。我戴着牵引绳在充满怪味的地方跑了那么久,现在好不容易回家了,夏目小姐只给我吃这些东西,我能答应吗?不,当然不答应!就算我不满意,仅凭几声猫叫也无法让她明白我的想法,无奈的我只得忍气吞声地开始吃减肥餐。

平时,疲倦饥饿时的我会觉得饭格外香甜可口,可是这减肥餐完全勾不起我的食欲,可怕的减肥餐!

凑合着吃完这顿饭,我在屋里找了个凉快的地方,就地躺了下来。

我平时外出巡视的时间到了。可是今天,我走到门口,等了好久,夏目小姐也没有来给我开门,我"喵喵"地叫了几声催促她,仍不见她来给我开门。

"不行,这段时间你不能单独出去瞎逛!"

被夏目小姐拒绝后,我郁闷极了,我准备爬到猫爬架的最顶层,可是费了好大劲儿也没爬上去,我那肥大的肚子太影响我攀爬了!

我连从猫爬架的最高处俯瞰房间都做不到了,以前我轻而易举就能做到的事现在已经变成了奢望,这悲惨的窘境是我始料未及的。

我真想回到过去,告诉那个尽情享用人们送来的猫罐头和猫零食的自己:你现在的快乐只是暂时的,你会为这短暂的欢愉付出沉重的代价!你将陷入绝望之中!

可惜我没有这种神奇的能力,只能面对残酷的现实,在这种绝望中挣扎。在我恢复正常体重之前,我每天都得面对这种酷刑,日复一日,无法逃避。

绝望如洪流般将我吞噬,我觉得现在的自己很像陷入绝望的夏目小姐的弟弟。我现在终于真正理解他倾诉苦闷时的心情了。

"来,加把劲儿,快瘦下来!"

夏目小姐拿出逗猫棒,打算让我活动一下筋骨。

原本令我兴奋不已的逗猫棒已经失去了魅力,我现在一点儿也不想随着逗猫棒的挥动起舞了。

"小黑,你好像没什么精神啊!你要像平时那样充满激情地跳跃哦!"

不管她怎样撩拨,我都懒洋洋地不动。无论我怎样努力,我的身体也无法像以前那样灵活了。既然这样,我也只能待着不动。

我把过错都推给了赠送我美食的人们,然而真正有过错的其实是我自己,谁让我抗拒不了美食的诱惑呢?我这是自作自受!一想到这些我就觉得很痛苦!我的精神压力太大了!

这时候，一点儿小事就会成为误入歧途的导火索，而此时的我已经对自己无能为力了。

事情的起因是一个玩偶，就是魔法使者兴致勃勃地制作的那个机器人造型的模型。我早就觉得摆在电视柜上的玩偶很碍事，不过我以前路过时总能灵巧地避开。

现在的我变胖了，已经和以前不一样了，但是我常常忽略这一点。这一天，我的身体不小心蹭到了那个玩偶，玩偶掉到了地面上。

如果只是玩偶掉到了地面上，问题应该还不会太严重，但是人类是一种不可思议的生物，他们看到猫把东西碰掉，有时候会生气，有时候会开心。

只要猫碰掉的不是重要的物品，人类通常会说一句"真拿你没办法"，虽然他们嘴上这么说，但是他们看起来还挺高兴的，可能他们也乐于让我们肆意玩耍吧！

麻烦还在后面，我本想把掉落的玩偶放回架子上，结果却酿成大祸。我把玩偶叼入口中的瞬间，听到了可怕的响声，机器人的胳膊掉了下来，落在了地面上。

"啊！"

我的目光与魔法使者的目光碰到了一起。

不好！他像是动怒了！

我立刻躲到沙发底下，竭力将身体缩成一团，试图不被他发现,然而一切都是徒劳的。

呆坐在那里的魔法使者两眼泪汪汪的,他盯着被弄坏的玩偶,像受了相当大的打击。魔法使者手握视若珍宝的玩偶,表情呆滞,他看起来竟比平常矮小了许多。

回过神儿来的夏目小姐像要把沙发看穿似的瞪着我。

"你怎么这么会使坏?我知道你减肥不开心,可你也不应该因为不开心就把人家心爱的东西弄坏呀!"

不,不是你说的那样!我不是故意的!玩偶是我不小心蹭掉的,我把它叼在嘴里,也是想把它放回架子上。我不是故意要弄坏它!我"喵喵"地抗议着,想表达出这些意思,可她还是听不懂。

"你装无辜也没用!"

夏目小姐怒目圆睁。她瞪着眼睛发火的样子可真吓人!事已至此,我只能躲着,等她的火气消下去再说。

魔法使者安慰她道:

"算啦,已经这样了!把它放在容易掉落的地方是我的错,我最近正准备收拾一下这些放在外面的容易损坏的东西呢!"

他虽然嘴上原谅了我,但是心里仍在生气,他的声音都在颤抖。

我知道这个玩偶是夏目小姐送给魔法使者的生日礼物,而且很清楚他有多么珍视这个玩偶,所以才想把它叼回架子上。

人也好,猫也罢,时乖运蹇的时候,真的是做多错多啊!

恰巧这时候,双胞胎同时哭了起来。为了哄孩子,夏目小姐和魔法使者都向婴儿床跑去。

比起我这只猫,终归还是孩子们更重要啊!

平常我也许不会这样想,然而现在的我身心俱疲,非常脆弱,这大概就是"闹情绪"吧!此刻,我终于理解夏目小姐的弟弟一直处于绝望之中的心情了,难怪他把自己封闭起来,他变成别人口中的"白色沉默男",也是迫不得已啊!

这个时候,他们为什么先去关心双胞胎?为什么要把陷入痛苦之中的我晾在一边?

想到这里,我突然觉得什么都无所谓了。

两个孩子好不容易停止了哭闹,玄关那边传来门铃的声音,门铃的对讲机上有人说话。

"快递!"

"来啦!"

夏目小姐跑向玄关,拉开房门,我瞅准这个机会,从门缝里钻出去,跑到了外面。

9. 我没有离家出走

我打算先去收养小白猫的戴眼镜的少女家。小白猫现在住在一座四四方方的三层楼房里。小白猫的主人是个孩子,它却住在比夏目小姐家还要豪华的宅院里。

楼房后面有个又宽敞又气派的院子,那里花香怡人,是个相当浪漫的地方,我以前经常在这里和母猫约会。

我照例钻进铁门的缝隙,闯入大院。我向屋里看去,只见小白猫正躺在客厅里,它像7是在给小猫们喂奶。

白、黑、黑白相间三只不同毛色的小猫正拼命吸着它们的妈妈的奶头。我三个月左右就断奶了,这些小崽子至今还黏着妈妈。

见小猫们肚子鼓起来,估摸它们已经吃饱,小白猫来到后院见我。

"怎么啦,老爸?"

"都说了嘛,不要叫我'老爸'!我有名字,我叫'小黑',你就叫我名字得了!"

小白猫从小猫们身边解放出来,心情舒畅地伸了个懒腰。

"好吧!那你也别叫我'小丫头'了,叫我'小雪'。"

小白猫被带进这个家后,它的主人叫它"小雪"。虽然换了称呼,感觉有点儿奇怪,不过总比今后一直被它叫"老爸"好。

"小雪,你现在很有当妈的样子了!"

"小黑,你也很有外公的派头了!"

小白猫跟叫我"黑色垃圾袋"的那位大不一样,它显然对我更有礼貌,毕竟是我培养出来的嘛!

"小黑,你平时很少这个时候来找我,你遇到什么事儿了吗？"

"没事儿，我只是过来散散心！"

小白猫像在探寻什么似的用它那清澈的鸳鸯眼目不转睛地看着我。我不想让它看出我的心事，便移开了视线。

"小黑，难道你离家出走了？"

"我没离家出走，我只是出去旅行一段时间。"

"旅行？"

"我先来跟你打个招呼。"

"你要去哪儿？"

"保密。"

"什么时候回来？"

"看心情。"

"小黑，你这不就是什么都没考虑好就出来了吗？"

小白猫的话一针见血，直戳我的痛点！我还是尽量面不改色地答道：

"有计划的旅行只能算是日常巡视，我要去看看新世界！我要做个旅行家！"

"哦。"

可能小白猫没心思认真听我说话，竟舔着前爪"喵喵"地叫了起来。

刚刚还在客厅里玩的小猫们不知什么时候跌跌撞撞地来到院子里，开始玩我的长尾巴了。

三只小猫"喵呜、喵呜"地叫着,着魔般追逐着我的尾巴。我有心给它们上一堂捕猎特训课,便有意忽左忽右、忽快忽慢地甩动着尾巴。

我回想着魔法使者的妹妹和夏目小姐的弟弟给我玩小树枝时的情景,全神贯注地逗小猫,让它们跟随我的尾巴跳了一阵舞。

跳来跳去的小猫们憨态可掬,曾经被人类引逗着跳舞的我是不是也这么可爱呢?

为了避免小猫们跳到危险的地方,慈爱地守护在一旁的小白猫"喵"地叫了一声。

"你这么随随便便地跑出来,夏目小姐他们会担心的。"

"不会!他们的心里只想着双胞胎!"

"你在说什么呀!你就因为这事儿离家出走吗?小黑,你也太不成熟了!"

"我说了我不是离家出走,只是出来旅行的!"

不好!三只小猫一下子都扑到了我因走神儿而停止甩动的尾巴上。这是我的失误!

"疼死我啦!喂,你们别真咬啊!"

我将尾巴往上一甩,总算摆脱了小猫们的攻击。

"我的尾巴可不是点心!"

我怒斥一声,小猫们一脸惊恐地看着我,呆住了。它们八成还没有被公猫训斥过。玩过了头就要倒大霉,趁现在让它们学习一下这个道理也好。

小白猫叼起一只吓得缩成一团的猫崽,准备将它们三个依次送回屋,看来游戏时间已经结束了。

"现在的你,与其做一个旅行家,不如做一只安分的家猫!"

"我才不要做安分的家猫,我要成为旅行家!"

小白猫把三只小猫都送回了屋里,它又回到院子里,看着我,眨了一下眼睛。猫的眼神交流都是有明确含义的,我们只对自己在乎的对象这样眨眼。

"小黑,你知道吗?你不是人,是猫!"

"这我当然知道!"

"那么,请你努力做好你自己,旅行家先生!这种事都不懂的话,你还是要吃苦头的!"

小白猫"喵"地叫了一声,转身回到屋里。

牙尖嘴利的小妮子!你稍稍安慰一下即将踏上旅途的我又能怎样?真想见识一下它的父母到底长什么样!尽管时间不长,我应该也算抚养过它。

现在这些都无所谓了,我去意已决,我要尽情享受这份重新获得的自由!

永别了,充满银杏果怪味的大公园!永别了,难以下咽的减肥餐!以后要是肚子饿了,我就去我的小公园,让前来求姻缘的人们送给我一些猫粮、猫零食吃。

当过流浪猫的我,无论身处怎样的环境,都能独立生存下去！我要做个潇洒的旅行家！我要潇洒地活着,让他们看看!

对,没什么可担心的,我对未来充满信心!

10. 我不敢相信自己的眼睛

经常会有这种情况,一直很期待做的事情,做了之后却发现,事情并不像想象中的那么美好。

我在街上闲逛了一会儿,回味着久违了的流浪猫的自由,百无聊赖。

我本想自由自在地做一些很久都没有做过的事情,尽情享受一下流浪猫的生活,但现在却一点儿也开心不起来。虽然我结束流浪猫生活的时间并不长,可是这段家猫生活的时光,让我几乎忘记了流浪猫是如何打发时间的。

住在夏目小姐家的我每天被孩子们的哭声吵醒,我会催夏目小姐给我准备饭,偶尔也会随着逗猫棒翩翩起舞,玩累后美美地睡一觉,偶尔还会躺在夏目小姐或魔法使者的膝盖上,让其给我挠痒痒,那是多么闲适的日日夜夜啊!

如此波澜不惊的日常生活在我眼中能有多少光彩呢?我又怎能想到应深刻认识到这一事实呢?正因为没有审视过自己的生活,我才落到今天这个地步。

无法和夏目小姐他们在一起的生活,竟然会如此黯淡无光,真是难以理解。

我知道了,肯定是因为我肚子饿了才胡思乱想的。

想到这里,我决定去小公园,那是我的老窝,我得想办法填饱肚子。

期待落空是常有的事。

花坛前面的小长椅最近成了我的专属座位,来找我求姻缘的人们抚摸我时,小长椅的高度正合适。

平时现在这个时间,怎么也得有几个人来找我,说不定我还能找到一点儿吃的,我对此充满期待。

然而,我几乎不敢相信自己的眼睛,一直以来任我坐卧的地方,竟然有一个不速之客。

那是一个肥得溜圆的家伙,乌黑的毛色,黄黄的眼珠,胖鼓鼓的肚子。我虽然不情愿,但是也要承认,那家伙的确是一只几乎跟我一模一样的黑猫!不用说,它的肚子上也有白色的花纹,它的花纹形状和我的稍有差异,它的花纹好像比我的大一些。

这个冒牌货端坐在长椅上,神气活现地俯视着我,"喵喵"地叫着。

"你想来冒充我,对吧?"

"是谁在冒充谁?看你那装神弄鬼的样子!这是我的地盘,你在这里假装'爱情猫神',跟我打过招呼吗?"

我也跳上长椅,想把冒牌货赶下去。对方同样试图把我推开,我们两个如同比赛中的相扑运动员一样,在长椅上互相推搡,打得不可开交。

不打算退让半步的冒牌货将全身毛发竖起,"喵呜、喵呜"地不断恐吓我,我也不甘示弱,我拱起背,使自己看起来像个庞然大物。

在我俩争夺地盘之时,周围聚拢过来几个求姻缘的人,他们兴趣盎然地给我们拍照片。

"这里竟然有两只猫,哪只是真的'爱情猫神'呢?"

"难道'爱情猫神'分裂成了两只猫?"

求姻缘的人们一边谈笑一边看热闹。这些人也太没礼貌了!"爱情猫神"怎么可能分裂成两只猫?我才是货真价实的"爱情猫神",那个家伙不过是个冒牌货,怎么能和我相提并论呢?

"不管怎么样,两个都拍下来吧!"

"对,拍到两个'爱情猫神',桃花运说不定能翻倍!"

你们这些人啊,连帮你们求姻缘的爱情猫神都认不出来,你们还求什么姻缘,一点儿诚意都没有!

今天这些求姻缘的人的素质似乎很差,像他们这样的人应该也不会准备猫零食等礼物,郑重地接待他们只会浪费时间。

我顿感无聊透顶,于是纵身跳下长椅。

"喂,别走!咱们还没分出胜负你就想跑?"

我跑出公园,那个冒牌货跟了上来。

无论跟这个冒牌货怎么争斗,也无法填饱我的肚子,我现在完全不想理它。我一个劲儿地往前走,冒牌货一直紧追不舍。

我有时候会跟踪母猫,但通常不会跟公猫纠缠。被一只公猫一路尾随,这种荒唐事儿我从来没有遇到过,此时的我也非常郁闷。

我朝一路跟来的冒牌货"喵"地叫了一声。

"你怎么回事?别一直跟着我!"

"我才没有跟着你呢!我只是跟你恰巧同路罢了!"

这个家伙真会睁着眼睛说瞎话!我不理它,继续向前走。两只几乎一模一样的黑猫列队走在街上,相当引人注目。

被它这么一折腾,我还当什么旅行家呀!继续被它这么纠缠下去,搞不好会被夏目小姐发现的。

"我说了,你别跟着我嘛!你一直跟着我,太容易引起别人的注意了,你别给我添乱!"

"我才没跟着你呢!是你一直在我的前面挡道!"

看来不管说什么,这个冒牌货都打算跟着我了。

我一停下脚步回头看,这家伙就停下脚步,还故意扭过头去,假装看别处的样子,仿佛什么事都没有发生。

它大概以为它这样做,我就能够允许它继续跟着我。

一看到这个和我长得如此相像却如此愚蠢的家伙,我就来气。

既然长得像我,就不能再机灵点儿吗?为了甩掉冒牌货,我几次加快脚步,可这家伙虽说看起来跟我一样重,体力却特别好，总能轻松地跟在我的后面。看来它就是那种怎么运动都不会瘦的肥猫。它肥胖的时间肯定比我长，说不定也是个减肥失败的家伙。

我终于吃不消了，完全丧失了甩掉它的力气。它爱怎么样就怎么样吧，它就这么一直跟着我，我也没有办法！无论如何我都要继续当我的旅行家！尽管心里异常焦躁，但是我的脚步一刻都没有停下。

回过神儿来，我已经到了夏目小姐家门前，这大概就是习惯成自然吧，无数次外出巡视走过的路早已刻在我的脑子里了。

反正已经到了这里，我就顺便看一眼里面的情况吧！我打定主意，打算跳上能够俯视院子的围墙，却未能如愿，凸起的大肚子使我无法一下子跳上围墙。冒牌货全然无视我跳墙的窘态，轻松地跳到了墙头上。

我岂能就此认输！这家伙能做到的事情，我也能做到！我用尽全力往上一跳，总算跳上了围墙。

我向客厅望去，只见双胞胎在哇哇大哭，跟平时一样，他们正在给爸爸妈妈添乱。果然，没有我，哄孩子的人手就不够了，不过我现在只想暗中观察，也不方便过去帮忙。

冒牌货冲我"喵"地叫了一声。

"这就是夏目小姐家呀！"

"你怎么知道？"

见我吃惊,冒牌货像占了上风似的露出得意的表情。

"我可是有名的猫神哦,什么都逃不过我的法眼!"

"你不过是个冒牌货罢了,有什么了不起的!"

这个家伙大概是从某个来找我求姻缘的人口中得知了夏目小姐的情况。不可思议的是,令我陷入如此困境的所谓"猫神"身份,一旦被别的猫取代,我竟如此恼怒。人类固然恣意妄为,而我显然也是个只考虑自己情绪的家伙。

我望着在客厅里哄双胞胎的夏目小姐和魔法使者时,冒牌货凑过来问:

"这家人看起来过得挺幸福的嘛,你为什么不回去呢?"

"我正在旅行,在当上旅行家之前,暂时不回去!"

"你和他们吵架了?"

"没那回事!"

"瞧,那人现在不是在想你吗?"

只见夏目小姐正凝视着我的猫爬架。

"她好像很担心你,你还是回去吧!"

"我就是不在,他们也不会有任何问题!"

"'猫神'那档子事你就别惦记了,我替你当!"

"没说'猫神'那档子事!"

"那你惦记什么?"

"就算我一去不返,过一阵子,他们也会忘记我曾在他们家住过的事儿!"

人跟猫终究是不一样的。

事情可能真的被大姐说中了。

"你今年多大？"冒牌货问。

我告诉它一个大概的岁数。

"你竟然跟我同岁？看你一脸老相，我还以为你比我年长呢！"

"你说话注意点儿，别惹毛了我！"

不知道这个冒牌货有没有听到我说话，只见它开始若无其事地舔自己右前爪的肉垫。

"你这个离家出走的大叔，说起话来怎么像个熊孩子？"

"咱俩同岁，你叫我大叔？你到底想干什么？"

冒牌货又开始舔左前爪的肉垫，同时压低声音说道：

"我明白着呢！"

"你明白什么？"

"你现在想回也回不去了！"

"啊？"

"现在还来得及！从这儿跳下去，假装什么事都没有，回去就好，简单吧？"

应该是这样，我也明白，但事情没有那么简单！

"我本来就是流浪猫，就算到处流浪我也能活下去！"

冒牌货用它那双跟我极为相似的黄色眼睛直勾勾地看着我，仿佛要看透我的心思，我实在受不了被它这样盯着，便移开了视线。

"喂,你为什么做出这个表情?"

"你少烦我!"

可能是我叫得太响,夏目小姐似乎听到了什么。她慌忙拉开拉门,来到院子里,像是在找发出声音的地方。

我从墙上一跃而下。

"你不想回去吗?"

对这家伙的问话,我没做任何回应。趁它还没反应过来,我拔腿就跑。

我到底想去哪儿呢? 不知道。我只想向前狂奔。

11. 我感到烦闷

冒牌货一直跟着我,也不管我想不想听,它一直滔滔不绝地讲它自己那些事儿。这家伙此前大概也没个像样的朋友,没朋友听它的故事,而现在,它就像出了故障的机器般一直说个不停。

"只有我总是被留下!"

它曾在收容流浪猫的"猫咖啡厅"打工,长相可爱的猫都被人领走了,只剩下它,这种经历很多猫都有过,没什么特别的,但对亲身经历过这些事的猫来说,却是相当悲惨的。听了它的故事,我的心情也变得沉重起来。

"人们会用许多词形容猫,最常用的词就是'可爱'。"

的确,人们见到猫,往往会夸我们"可爱",这仿佛已经变成了一道魔咒。

"但是我很少被人夸'可爱',我只有一次被人用这个词形容过,但那人说我'丑得可爱',太伤我的自尊心了!"

我第一次见到夏目小姐时,她也说我长得丑,回想一下当时的情景,我突然觉得那个女人实在太没礼貌了。

"除我以外,别的猫都被人们夸'可爱',当然,他们并非要贬低我,他们只是想赞美他们喜欢的猫而已。我知道人类并无恶意,即便如此,不知为什么,我还是会因为这种事气得难受!"

我理解他的感受,我小时候也是这样。我的其他几个兄弟都人见人爱,早早地被人领养了,我也是被挑剩下的那个。

"一开始我还不理解为什么大家见了我都不笑,后来我总算明白了,我不招人待见的原因就是我长得不如别的猫可爱。"

听长得跟自己很像的家伙说自己不可爱,我心里也很郁闷!冒牌货似乎并未意识到,它的这番言论冒犯了我。

我想跟它挑明这一点,又怕它不肯再向我倾诉,便缄口不语了。自尊心跟棉花糖一样,甜美而脆弱,经不起咀嚼。

"别的猫都有人夸长得可爱,也只有被夸长得可爱的猫才会被人领走,我再迟钝,也有这点儿自知之明。我就是那只没有人喜欢的猫啊!"

冒牌货挺有自知之明的,它知道自己非常迟钝,但他明知自己迟钝还仍然迟钝。

"我总是没有人要。不管猫咖啡厅新来多少流浪猫,被带走的总是别的猫。没有人选中我,奇迹从来没发生过。我弄明白这一点时,已经过去三年了。"

这家伙确实太迟钝了!虽然它的外貌跟我相似,但头脑未必相似,可不知为什么,当我了解到这个长得和我很像的家伙竟然愚笨到这个地步时,我还是生了闷气。我真希望它能争口气,看它这个样子,连我都觉得颜面扫地!

"我一直希望自己被到猫咖啡厅来领养流浪猫的人选中,可这个梦想一直没能实现。每次精神受到重大打击,我就大吃大喝,由于这样自暴自弃,我的身材也走了样,也就更不可爱了。我太惨啦!连我都看不起自己,谁又会喜欢我呢?我悲惨的未来已成定局了。"

看来,这家伙是无法在人类社会中讨生活的。对它来说,一直当流浪猫,不知道人类如何评价它,也能过得逍遥快活,但是,它却让自己卷入无谓的竞争之中,结果被编上序号,任由人们评头论足。

日复一日,年复一年,人们评论着它:这只猫比你有价值,那只猫比你更优秀,我们不要你!

长此以往,它的自尊心受到了伤害,变得心理扭曲也不足为奇!

假如我没有被夏目小姐收养,而是跟这家伙一样被收容在猫咖啡厅里,被人们挑来拣去,说不定我也会产生跟它一样的想法。这么一想,我顿时觉得十分郁闷。

在我看来,这些境遇对我们猫来说也没什么大不了。我们无法选择自己的出生地,无法选择自己的容貌,也很难选择自己的生活环境。如果某一天,我们生活的环境变了,收容我们的场所变了,我们也很难对抗这种改变。无论我们生活在什么地方,我们都只能默默忍受,尽量让自己适应环境的变化。

"刚开始的时候,我看到别的猫被新主人领走,心里非常忌妒它们。可有过无数次类似的经历后,我竟觉得无所谓了。"

冒牌货的声音更低沉了。如果它真的觉得无所谓的话,它的声音就不会有如此大的变化,我看得出来,它有些言不由衷。

"啊,又来了!果然又不是我!反正已经习惯了!可是突然有一天,客人看着我,露出了笑容。"

冒牌货停下脚步,我回头望去,月光下,这家伙的眼睛里闪着寒光。

"突然有人说,我跟'爱情猫神'长得一模一样!之前来店里的客人从来没有正眼看过我,而你在那个小公园大红大紫以后,因为我长得像你,客人们全都热情地奔向我。"

冒牌货的毛发慢慢竖起来,做出了类似攻击的姿势,它可能是太兴奋,无法控制自己了。

"我说我不是'爱情猫神',我就是我!不管我说什么,人们都听不懂。连店里的伙计都想借着这个机会捞点儿好处。虽然我不是'爱情猫神',可店长硬是把我当成'爱情猫神'来赚钱。这太让我失望了！本以为至少店长的女儿会替我说话,她曾在我快死的时候救过我一命,让我没想到的是,她和其他人一样势利！"

冒牌货的眼神怪怪的,里面既有愤怒,又有悲伤。我想,这种黯淡无光的眼神大概就是寂寞的眼神吧！它神情落寞,仿佛这个世界上只剩下它自己。

我想,刚才我大概在用同样的眼神看着夏目小姐的家。

"在人类的眼中,以前的我到底是个什么东西呢？以前他们那样蔑视我,而如今他们这样追捧我,这到底是为什么呢？我还是我,我并没有改变啊！"

冒牌货的眼中满是怒火,他的眼睛像两个黑洞,仿佛要把我吸进去,然而我却能看得出,这样的眼神背后藏着一颗脆弱的心。

"因为一只和我长得很像的猫出名了,我就不是我了？少跟我来这套！一想到这件事,我就一肚子气！那我就真的去给你们当'爱情猫神'吧！就这样,我从猫咖啡厅逃了出来。"

看来受"爱情猫神"风波影响的不光是我,我也是被别人随便地封为"爱情猫神"的,我自己也很无奈啊！

人类总是这样为所欲为,完全不顾及我们猫的感受。

可是,我也无法忘记抚摸我的那双温柔的手,这也是猫无法割舍人类的爱的原因吧!

12. 我当不成旅行家了

在说出"我要做个旅行家"这种大话之后,我到底走了多少路呢?其实我并没有走多少路,跟平常一样,我还是在老地方转来转去,兜了几个圈子。

我来到我曾经最讨厌的地方——那个充满了烂银杏果怪味的公园。其实难闻的怪味主要弥漫在公园门口附近,往公园里面走一段路,难闻的怪味就没有那么浓烈了。公园里有个水池,猫可以在这里喝水,我决定先在这里歇歇脚。

仰望夜空,跟我的眼睛一样圆溜溜的月亮浮在空中。

喋喋不休的冒牌货可能是说累了,它沉默了。在草丛里鸣唱的蟋蟀的歌声在宽阔的公园里回响。

这是一个静得令我心慌的夜晚。此时此刻,人类肯定会吟诵起诗歌俳句吧!可惜,我这颗小小的脑袋,一句俏皮话也想不出来。

我有些疲惫,看来我当不成伟大的旅行家了,可是我也没有勇气回家。想到这里,我的眼泪都快流下来了。

为什么我会可怜巴巴地待在这个地方呢?我还像只小猫崽一样眼泪汪汪的,真是不像话啊!我从未想过,自己竟然如此不堪一击。不,也许我一直都知道,自己终将一事无成,只是装出一副自以为了不起的样子罢了。

"肚子好饿啊!"

我在草丛里扑打了几下,想捉只蟋蟀吃,结果未能如愿,什么也没捉到,无谓的体力消耗使我更加饥饿。

饥饿感使我已经没有力气再折腾了,如果现在有一份减肥餐在我面前,我肯定会津津有味地将它吃光。

我想起自己跑出夏目小姐家时的情形,懊悔不已。现在想来,饭来张口的生活是多么幸福啊!此时此刻,我才切身感受到这一点。当时的我真愚蠢啊!

我突然感觉到背后有人,急忙回头看。是夏目小姐来找我了吗?残酷的现实让我的期盼瞬间消散。

"小黑,过得好吗?"

跟我说话的是那位身穿睡衣的老婆婆,上次我快不行了的时候见过她。现在,她的身旁没有照顾她的那个女高中生,莫非她又独自在街上徘徊?

老婆婆在我面前蹲下,她的动作使她脖子上挂着的吊牌大幅摇摆起来。我对这摆动的吊牌做出反应,下意识地向它伸出了前爪。

"你想要这个吗?给你!"

老婆婆摘下吊牌,挂到我的脖子上。

我不是这意思!我只想摸摸,它摇摇晃晃的,看起来很有趣,但是我不想要它。我"喵"地叫了一声想解释清楚,可惜她听不懂。

这个吊牌就像一个硬塞给我的烫手山芋,我觉得挂在脖子上的绳子很碍事,便扭动着身体,试图把它摘下来,可是吊牌的绳子竟然缠在了我的身上。

我费尽全力,总算将绳子拽了下来,这时的我已经累得气喘吁吁,这些无意义的挣扎又消耗了我不少体力。为什么要把这个吊牌给我呀?

"哎呀!你不要吗?"

老婆婆说着把吊牌挂回自己的脖子上。她看看我,又看看冒牌货,笑眯眯地说:

"你交了一个和你长得这么像的朋友,真好啊!"

它才不是我的朋友呢!这家伙只是个冒牌货,一直死皮赖脸地跟着我。我"喵喵"地叫着,想解释给她听,可是老婆婆仍旧听不懂。

"你们实在太胖了,这样下去不利于身体健康哟!"

我可不想被一个看起来身体状况比我还差的老婆婆说三道四!

"哦,我都忘了,我还要去超市买晚饭呢!回头见!"

老婆婆说完,步履蹒跚地走进夜色。这深更半夜的,附近哪还有营业的店铺呢?这到底是怎么回事?她似乎很容易摔跤,她能安全回家吗?回不了家的我竟然担心别人回不了家,这也真够讽刺的。

一直在旁边看着我们的冒牌货问:

"你认识那位老婆婆吗?"

"算是吧。"

"她是你的前主人吗?"

"她看起来有些像我的前主人,但是我也不能确定,我记性不太好。"

"哈哈,没想到你也是个笨蛋啊!这我就放心了。"

"闭嘴,你这个讨厌的家伙!"我心里暗骂,嘴上却没出声。我觉得我好像在骂自己,心里很不痛快。

不远处传来奇怪的声音,像是什么沉重的东西跌落在地。我四处张望,只见老婆婆倒在地上,像是摔倒了。

我慌忙跑过去,"喵喵"地叫她,但是她没有反应。糟糕,她好像遇上麻烦了!

我看了看四周,没有找到女高中生的身影。这样拖下去可不行!形势危急,我拔腿就跑。

"喂,你要去哪儿?"冒牌货冲我喊道。

"我要去找人来帮忙!你在这里看着老婆婆,明白吗?"

现在没别人可指望了,我狂奔起来。

我一着急,踩到了一块黏糊糊的银杏果肉,我脚下一滑,身体倒了下去。

我在公园的门口结结实实地摔了一个大跟头,全身沾满烂银杏果的怪味。难闻的气味让我想扯开嗓子大声吼叫,摔伤的疼痛和腹中的饥饿感同时向我袭来,真是祸不单行啊!

但是,现在不是叫苦的时候!我忍着饥饿,带着疼痛,拼命往前跑。

有好几次,我的腿脚几乎不听使唤了,可是这些困难和老婆婆的安危比起来,算得了什么!我一边给自己打气,一边不顾一切地奔跑,就在我觉得自己快要支撑不住的时候,我看到了夏目小姐家温暖的灯光。

我硬撑着摇摇晃晃的身体,飞身跃上围墙,"喵"地叫了一声。跟那天一样,夏目小姐闻声立刻拉开拉门,来到院子里。

夏目小姐看到我,吃惊地睁大眼睛,泪水扑簌簌落下,很快就哭花了脸。

"太好啦,你没事呀!"

她看到我,激动不已,可是我现在没有工夫跟她互诉相思之苦!

我纵身跳下围墙,跑了出来,夏目小姐慌忙跑到院子外面。

"等等!"

夏目小姐出来时太慌乱,脚上趿拉着的两只拖鞋的大小都不一样,她好像穿了一只自己的拖鞋,又穿了一只魔法使者的拖鞋。

我回头看了看夏目小姐,确定她追过来后,又朝公园跑去。

13. 我叫了好几声

夏目小姐把事情处理得非常妥当。

我们找到晕倒在公园里的老婆婆后,立刻给她的家人打了电话,电话号码就写在她脖子上挂着的吊牌上。

过了一会儿,那个女高中生赶了过来,她拍打着老婆婆的肩膀大喊:

"婆婆,婆婆,你醒醒!"

老婆婆睁开眼,看来她还有意识。

"你的身上哪里痛?咱们现在要去医院吗?"

"医院就算啦……别浪费钱啦……"老婆婆摇着头连声拒绝。

"可说不定你摔到什么地方了呀!"

"我只是滑了一下,屁股有点儿疼,已经不要紧啦……"

老婆婆指指脚底下踩烂的银杏果,脸上露出痛苦的表情。她艰难地站起来,拍了拍屁股上的尘土,闻了闻沾在手上的银杏果汁液,摇了摇头。难道她连那么难闻的气味都闻不到?她真是长了只让我羡慕的鼻子!

见老婆婆精神还不错,女高中生和夏目小姐都露出了笑容,大家这才松了一口气。看来我的决定有些贸然,我本以为这次也跟夏目小姐生双胞胎那天一样,必须要喊人来帮忙把老婆婆送到医院去呢。不过,老婆婆平安比什么都好。

我放下心来，躺倒在地，我的肚子又叫起来。额外消耗了大量体力，我更饿了。你们要怎么谢我？作为报信的回报，你们是不是应该请我吃个猫罐头呢？

想到这里，我抬起头，女高中生正目不转睛地看着我。我的肚子咕咕叫的声音有那么大吗？我有点儿不好意思，不过这可是生理现象，我自己也控制不了。

她还在盯着我。怎么啦？她就那么想抚摸我的肚子吗？真没辙，只能抚摸一会儿哦！

我翻身躺下，露出腹部，女高中生睁大眼睛看着我。

"看那肚子上的花纹……莫非……你是小黑？"

我差点儿出声回应她，但好歹忍住了。我是小黑，不过现在已经不是那个小黑了。

"太好啦！你没事啊！我一直在找你呢！你都长这么大了啊！哇，你好重啊！"

女高中生想把我举起来，但最终还是放弃了。

不好意思，我发福了。

老婆婆凑上前来，轻柔地抚摸着我的脑袋。我记起很久以前被人抚摸时的气味，嗅到了银杏果的怪味中夹杂着一丝防虫剂的味道。你们摸我倒是无妨，可别让我沾上那些乱七八糟的味儿啊！

女高中生在老婆婆身边蹲下，对我说：

"回家吧！婆婆也会很高兴的！咱们一起走吧！"

我该怎样回答她呢？如今我是个旅行家，可我无法跟她解释清楚。正左思右想，我突然感受到背后的视线，急忙转过身，夏目小姐正不安地看着我。

这肯定是个极其重要的问题，答错了可不行。我一声不吭，将尾巴上下甩了几下。女高中生看看我，又看看夏目小姐，疑惑的脸上露出笑容。

"原来是这样啊，你现在的主人在这儿啊，难怪不出声呢！"

不回答她似乎是正确的。这跟我小时候被逼问喜欢老妇人还是少女的情形如出一辙，遇到麻烦的问题时，我最好只摇摇尾巴。

"那……谢谢你，小黑，谢谢你帮我找到婆婆！再见啦！保重！"

女高中生搀扶着老婆婆走出公园。这至少也证明了老婆婆确实是我的前主人。

公园里恢复了平静，这件事总算尘埃落定了。

我身上只剩下银杏果的怪味和摔跤后的疼痛。我跑了这么多路，肚子已经饿得受不了了，受累也该有个限度吧！

我太累了，只想找个地方躺下休息一会儿。我向前跑去。

这时，夏目小姐冲去意已决的我喊道：

"求你了，小黑！别跑了，我不追了！"

她对仍未停下脚步的我继续喊道：

"你真的不喜欢我们了吗？"

当然不是。

"你不想和我们一起住了吗?"

没那回事儿!

"好吧,对不起,我不该自作主张硬把你带回家!"

我不是那个意思!

"原来你一直这么不喜欢我们啊!真对不起!你多保重!"

我听不到她的声音了。我悄悄地回过头来。

只见夏目小姐抹着眼泪,垂头丧气地走远了。

我使劲儿叫了好几声,夏目小姐仍未止步。

为什么人类听不懂猫的语言呢?

为什么我们猫不会讲人类的语言呢?

一直藏在草丛里的冒牌货冲我叫道:

"喂,快去!你不怕再也见不到他们了吗?"

"怎么会……不怕……"

"那就快去啊!现在可不是意气用事的时候!你快去呀!"

冒牌货用脑袋狠狠撞了我一下,正好撞在我刚才摔伤的部位,疼得我"喵呜"一声大叫起来。

我的目光与吃惊地回过头来的夏目小姐的目光碰在了一起。

我慢慢走到夏目小姐身边,"喵"地叫了一声。

夏目小姐蹲下身,她的目光始终没离开我。跟那天一样,她哭肿的眼睛里布满血丝。

"你真的愿意跟我回家吗？"

我肯定愿意，别让我连说好几遍！

我"喵"地叫了一声，算是回答。

"可能还会因为减肥而让你不高兴哦！"

没办法，我忍！

我"喵"地叫了一声。

"可能还会因为误会而骂你哦！"

我也争取尽量不挨骂吧！

我"喵"地叫了一声。

"小黑，从今往后，你一直跟我们住在一起吧？"

好的！

我慢慢眨了一下眼睛。

夏目小姐哭了，哭着哭着又笑了起来。

你要么哭，要么笑，选一个嘛，别又哭又笑的！

算了，拜托，别哭！我受不了你哭，对不起，你还是痛痛快快地笑吧！

我喜欢看夏目小姐笑的样子，要是可能，我真希望她一直笑下去。

没等我"喵"地叫出声，她就紧紧地抱住了我。

"太好啦！真是太好啦！"

难受！喘不动气！这女人就是这样，抱猫的时候手上没个轻重！

冒牌货在远处"喵喵"地叫着。

"再见啦!'爱情猫神'就让我替你当吧!我也会替你去旅行的!"

你可别冒充我胡作非为!

我本想向冒牌货提出抗议,可我的脸埋在夏目小姐胸前发不出声音。

夏目小姐抱着我走近冒牌货。

"咦,它是你的朋友吗?"

不是朋友,它就是个冒牌货!

"你们长得真像!难道他是你……失散的兄弟?"

不可能!别把这蠢货说成我的兄弟!

冒牌货像要说再见似的,又叫了一声,随即消失在夜色里。

"可能它觉得打扰了我们的会面吧!"夏目小姐自言自语道。

根本没那回事儿!它一直跟着我,烦得我要命。不过,对它最后撞我那一下,我还是要表示一下感谢。也许我再也见不到它了,我默默地对它说了一句:"后会有期!"

夏目小姐轻轻地向它的背影挥手,像是要替我向它告别。

"你以后出去散步的时候,可以顺便带刚才那只猫来家里玩,请它吃顿豪华大餐!"

那倒不必,我可不想因此减少我那宝贵的口粮,万一它赖在家里不走可就麻烦了!我想表示抗议,但声音消失在夏目小姐的胸前。

"咱们回家吧!"

夏目小姐很开心,连蹦带跳地往家走。她像平常一样抓起我的前爪,嗅了一下我的肉垫,她不禁皱起眉头。

"这是什么味儿啊?"

我刚才在满是烂银杏果的路上摔了一跤,身上沾满了银杏果臭气熏天的汁液。

"好吧,你回家先洗个澡吧!"

什么?洗澡?算了吧!我有两件最讨厌的事,一是去宠物医院,二是洗澡!早知道这样,我就不该答应跟她回家!事已至此,现在我后悔也来不及了。

14. 我讨厌洗澡

我回家后,跟我一起洗澡的不是夏目小姐,而是魔法使者。

夏目小姐出来找我的这段时间里,双胞胎一直大哭不止,怎么哄都哄不好,这可愁坏了魔法使者,可能双胞胎也觉察到了母亲因事外出不在家。

夏目小姐刚出家门,双胞胎就开始哭闹,魔法使者一直没哄好。我们回家后,夏目小姐去哄孩子了,魔法使者给我洗澡。

我的身上被涂满了宠物专用香波,全身上下都黏糊糊的,全是泡泡。虽然香波的气味比银杏果的气味要好闻一些,但是浑身沾满古怪的气味,还是挺难受的。

"乖乖的,不要动!"

我身上的泡沫被淋浴冲掉,温热的水流喷到我的脸上,我差点儿窒息!魔法使者拼命抓着试图挣脱的我。

"对不起!你再坚持一会儿吧!"

水攻总算停下了,受刑般的洗澡结束了。

我觉得自己差点儿没命。我非常讨厌洗澡,我也不明白人类为什么经常洗澡!

我被带进客厅,魔法使者把我包进毛巾里又揉又搓,还用吹风机"呜呜"地给我吹了一阵风,我觉得自己仿佛被来自地狱的热风侵袭着。

不过这地狱热风倒不错,热乎乎的风吹得我全身毛发非常蓬松,让我不禁打起盹儿来,刚刚回顾过的久违的流浪猫生活令我疲惫不堪。

我刚要睡着,把双胞胎哄睡了的夏目小姐就来到我的身旁,接过吹风机,一边给我吹毛一边问:

"你去哪儿了?你都做了些什么呀?"

我不禁叹了一口气,提起这个,说来话长。

魔法使者像回忆起什么似的,将目光投向远处。

"我小时候也有过因生父母的气而离家出走的经历。那时候他们只顾着照看妹妹,忽略了我的感受。"

"真的吗?真没想到,你还因为这种事生过父母的气呀!平时你可很少生气呢!"

"我那时候年纪小嘛,一不开心就立刻发脾气,又哭又闹的,我现在回想起来,也不太理解自己那时候的行为。"

魔法使者苦笑起来。

在别人面前,成年男人确实总是隐藏自己的真实情绪,更别说情绪爆发了,我有时候觉得他们也挺不容易的。

"我那时发脾气离家出走之后,在路上捉独角仙捉上了瘾,最后连为什么发脾气都忘了。捉了五六只独角仙后,我跟平常一样,乐呵呵地回家了。"

"你小时候很可爱呀!"

夏目小姐忍不住笑出声来。

夏目小姐笑起来真好看!这么快就让夏目小姐露出笑容的魔法使者真厉害,而让夏目小姐痛哭流涕的我实在是罪不可恕!我对魔法使者充满敬意。想想自己的所作所为,我顿时觉得羞愧不已。

夏目小姐一边用毛巾擦我的毛一边说道:

"对了,我在公园看见一只跟小黑长得一模一样的猫!"

"一模一样?"

"他们的身体的大小、毛色、脸型几乎完全一样,吓了我一跳!"

"难道就是它那样的猫?"

魔法使者关掉吹风机,抬手指了指院子。

"啊!"夏目小姐突然大叫起来。

怎么这么吵呢?迷迷糊糊的我抬头向窗外一看,吓得立刻醒了过来,差点儿叫出声。

一只黑猫正透过玻璃目不转睛地看着客厅里的我们。

那黑猫正是冒牌货。

魔法使者饶有兴趣地比较着窗外的冒牌货和我说道:

"了不得!你们长得可真像!难道你们是……失散的兄弟?"

他的猜测跟夏目小姐的一样,这两口子可真有默契,真可谓"不是一家人,不进一家门"。

"请进,请进!你们有好多话要说吧?里面请!"

夏目小姐一边说,一边拉开拉门,冒牌货慢条斯理地走进屋。

夏目小姐和魔法使者目不转睛地看着我们,眼睛闪闪发光,他们大概以为自己见证了一对失散兄弟的重逢!

这家伙居然跟着我回来了,这可怎么办啊!

我朝冒牌货"喵"地叫了一声。

"你来干什么?"

"你家主人没问题吧?外面的流浪猫也可以随便进屋吗?也太不讲究了吧!"

这个家伙,随随便便地跑到别人家里来,还口无遮拦地说三道四,真没礼貌!

冒牌货像在自己家里似的，非常随意，它抬起后腿开始舔毛。又肥又圆的肚子太碍事，它根本没法儿舔到脚，我假装什么都没看见。

冒牌货"喵"地叫了一声。

"你的主人肯定都是好人吧？"

"那当然！"

"你能回来真是太好啦！"

"算是吧。"

冒牌货撞我那一下多少也起了点儿作用，这件事让我挺没面子的，我也并没有因此感谢它。

魔法使者端出猫罐头和盘子来说道：

"你们长得这么像，一定也很合得来吧？"

我们根本合不来！我心里嘀咕着，"喵"地叫了一声，当然他还是不明白我的想法。

"不好意思，打断你们聊天儿，不知道这些食物合不合你们的口味，请用餐！"

我和冒牌货争先恐后地扑到盘子里湿黏的食物上。今天体力消耗严重，食物自然格外好吃！我俩津津有味地享用了一顿美味的猫罐头大餐。

冒牌货"喵"地叫了一声。

"这猫罐头比较湿软，跟我平常吃的口感酥脆的猫粮相比，没什么嚼头，不过偶尔吃一顿也不错！"

"你就老老实实地说好吃吧!"

将美食一扫而光后,冒牌货向双胞胎的婴儿床那边看去。虽然这家伙体形与我相仿,却能轻松地翻过婴儿床的栅栏,跳到婴儿床上。冒牌货找了个能俯视双胞胎的位置坐下来。

我紧随其后,注视着它的一举一动,害怕它伤害双胞胎。当然,这家伙要是敢伤害双胞胎的话,我绝对饶不了它!我的无敌猫拳随时恭候!

冒牌货注视着双胞胎的小脸,"喵"地叫了一声。

"这就是你离家出走的原因吗?"

"不是,我是因为弄坏了玩偶才离家出走的!"

"弄坏了玩偶?"

"对,我不小心把玩偶蹭到了地上,我本来打算把它叼起来放回原处,却不小心把它咬坏了!"

那个只剩下一只胳膊的玩偶仍然放在电视柜上。

"那个东西那么容易坏吗?有意思!那我也蹭一次吧!"

"喂,别碰!"

冒牌货歪着头不解地问:

"为什么不能碰那个玩偶?在猫咖啡厅里,人们看到我们猫把东西从桌子上或架子上推到地上,都开心得不得了!"

"在家里跟在猫咖啡厅里不一样,玩过了头会挨骂的。那个玩偶尤其不能碰,否则主人会发脾气的!"

看我的眼神如此坚定,冒牌货终于打消了恶作剧的念头。

"我有个问题要问你。"

"你想问什么?"

"床上那两个小鬼闹得有点儿过火,我可以教训他们一下吗?"

此时,双胞胎已经醒了,他们正抓着冒牌货的尾巴,用力拽着玩。

"不可以!他们是夏目小姐的宝贝儿子和宝贝女儿,你要是敢伸出爪子,小心你的小命不保!"

"别用这种眼神看我,像要宰了我似的。我只是开个玩笑,我以前也在猫咖啡厅打过工,这点儿分寸感我还是有的,我就是随便陪他们玩玩嘛!"

冒牌货想用摇晃的尾巴逗双胞胎玩,可是它的尾巴很快就被调皮的双胞胎抓住了。

"怎么样?这可是我每天训练他们的结果啊!他们可以很快地抓住摇动的尾巴!"

"别让他们练这些没用的了!"

夏目小姐注视着婴儿床笑眯眯地问:

"小黑的这位朋友,你也想来我家帮忙照顾孩子吗?你看起来也是个得力的帮手啊!"

她跟往常一样,又拍了一些我们的照片发到了网上,尽管她拍出来的都是极为难看的黑脸,但是我已经不在乎了,只要她开心就好。

魔法使者站在一旁，一脸满足地看着我们。

"如果你愿意的话，你也在我家住下吧！"

听到这话，冒牌货突然停下了动作。它紧绷着脸，怎么看都不像高兴的样子，恐惧在冒牌货眼中一闪而过。

我"喵"地叫了一声。

"原来是这样啊！这儿不是你的家！你用头撞我，是因为你也想回家啊！"

尽管嘴上喋喋不休地说它被自己信任的人背叛，其实这家伙也同样留恋人类双手的温情啊！

"没问题！夏目小姐虽然平时说话总说不到点上，但关键时刻还是很通情达理的。她很理解我，你信任的人肯定也会理解你的！"

冒牌货"喵"地叫了一声。

"不用你说我也明白，我本来也打算在外面玩几天就回去。"

原来，这家伙和我一样纠结啊！

正在看手机的夏目小姐突然大声叫起来。

"啊！小黑的这位朋友好像是从附近的猫咖啡厅偷跑出来的呀！"

网络的影响力真大，猫咖啡厅的老板看到夏目小姐拍的照片之后，立刻发信息联系了她。

"我要把这个小家伙送回猫咖啡厅，家里的事就交给你了。"

夏目小姐将冒牌货装进笼子，匆匆忙忙地提着笼子出了门。

留在家里的魔法使者愣了一会儿,看着我说:

"小黑,你的朋友被带走了!我本以为家里可以添一个新成员呢!有点儿可惜啊!没办法,它是别人的猫嘛!以后你想它了,咱们可以去那个猫咖啡厅见它!"

我还没决定要不要去见它,便漫不经心地叫了一声,算是对他的回应。

夏目小姐的行动力太强,我还没来得及跟冒牌货道别,它就被带走了。好在该说的都已经说了,希望冒牌货回到猫咖啡厅之后好好地生活下去,不要再胡思乱想、为难自己了。

魔法使者又开始抚摸我的脑袋,跟往常一样,他的手法轻柔,摸得我无比舒服,摸得我喉咙里发出"呼噜呼噜"的声响。

"你突然跑出去,她都快急疯了!拜托,你别再那样跑出去了,我可不想再看到她那么难过的样子了!小黑,拜托你了,这是咱们男人之间的约定!"

明白!我一定努力做到!

我"喵"地叫了一声,做出了承诺。

夏目小姐回到家中,一边给双胞胎哥哥喂奶,一边讲述她的所见所闻。

"猫咖啡厅的老板有个上小学的女儿,她很关心小黑的那个朋友,因为她知道平时很少有客人搭理它。"

"那只猫也受了不少苦啊!"魔法使者一边给双胞胎妹妹换

尿布，一边说道。

"猫咖啡厅老板的女儿为了给它增加人气，就把那只黑猫假扮成你这个'爱情猫神'，她还给咱们道歉了呢！"

魔法使者看着我苦笑道：

"那只黑猫跟你长得一模一样，它要模仿你也不难。"

"说谎确实不应该，不过因为猫咖啡馆的生意忙，那个小女孩儿得不到父母的关心，所以觉得自己很孤单，她十分同情跟自己境遇相似的黑猫，想把它打造成网红猫。那个女孩儿很可爱，也很勇敢，她的想法还挺让人感动呢！"

这样说来，那个小女孩儿没有背叛冒牌货，只是她关心它的方式有问题罢了。

"猫咖啡厅老板的女儿只是希望黑猫以后能得到大家的关注，不再被人冷落，没想到她的做法却把它惹恼了，它还跑了出来……"

喂完奶的夏目小姐将双胞胎哥哥安顿好之后说道：

"不过，正因为这次出逃，猫咖啡厅老板的女儿才意识到自己其实很在意那只黑猫，她决定以后把黑猫养在家里，不让它在店里了。"

"这么说来，那只黑猫就被她收养了，太好啦！"

不管怎么说，以后冒牌货也有人关心了，这比什么都好。人和猫之间语言不通，人类常常无法把想法传递给猫，猫也一样，正因为如此，人和猫之间才发生了许多误会。

一想到和我长得十分相似的冒牌货现在也得到了猫咖啡厅老板的女儿的关爱,我就替它开心,希望它以后能够过上幸福的新生活!

也许我们以后不会再见面了。

不过,能相遇两次,就能相遇三次,这是一种神奇的规律。

15. 减肥不易

世事真是变幻无常啊!没想到那天之后,我和冒牌货竟然很快又见面了,原因是我们要一起工作。

我们的任务是当宠物模特儿,拍摄电视广告。有位制片人看过夏目小姐在网上发布的照片后,希望我和冒牌货搞个宠物模特儿组合,一同出镜拍摄广告。

我和冒牌货本来不愿意参与这么麻烦的事,但是夏目小姐和猫咖啡厅老板的女儿对这件事很感兴趣,我们也就只能按照她们的意思去做了。

我和冒牌货在按猫的尺寸搭建的小酒馆摄影棚里扮演牢骚满腹的上班族。身穿西装的冒牌货看了看我的打扮,"喵"地叫了一声。

"喂,小黑社员①,那条领带很合适你呀!"

造型师把领带缠在我的脖子上,让我看起来像个喝醉酒的大叔,冒牌货看着我,忍不住笑出了声。

我很不喜欢这个扮相,心烦意乱地低声吼着。

"你为什么可以扮演部长?造型师把咱俩的人物设定弄反了吧!"

"谁知道呢?也许是他们的老板这样安排的!喂,摄像机正转着呢!快摆好姿势!"

这似乎是个跳槽网站的电视广告,一名社员因为与部长合不来,所以打算跳槽。

我的前腿上绑着一个手机模样的小道具,我要假装打电话。这个镜头翻来覆去地拍了好多遍,我都烦透了!广告导演喊"好"的时候,我已经累得摇摇晃晃站不住了。

我暗暗发誓,以后再也不接这种工作了,但因广告播出后好评如潮,这个广告被系列化,我不得不又拍了几次。每次把我带出去拍广告,他们都要给我套上各种奇装异服,这实在太麻烦了!

人们将我与冒牌货打造成一个组合,肯定是觉得我俩的体形差不多,于是我把所有劲头都用到了减肥上,这样一来,我就和它不一样了。

---

① 社员:指一般公司职员。

果然,我渐渐苗条起来,我想,这样他们应该就不会拉着我们一起拍广告了。

我的想法太天真了!很快,减肥餐公司又来找我们拍广告了。

他们把我和冒牌货当作使用前与使用后的对比实例。托这个电视广告的福,那家公司的减肥餐的销量出现爆发式增长。

无论如何,人和猫都要对自己的身体健康负责,因为我正在减肥,所以我知道,吃减肥餐的痛苦远远大于拍摄广告的痛苦,我衷心祝愿那些减肥的人和减肥的猫能够减肥成功。

16. 我眨了一下眼睛

我的减肥计划进行得很顺利,冬天来临之时,我已经变回了发福之前的样子,我终于不用再戴着牵引绳在魔法使者监视下散步了。

我好久没独自外出巡视我的领地了,获得自由外出许可的那天,从早上就开始下雪,这是今年的初雪。

夏目小姐拉开拉门,有些担心地说:

"外面很冷啊!"

我知道了。

"不能走得太远哦!"

我知道了!

我"喵"地叫了一声,夏目小姐露出无可奈何的笑容,轻轻挥了挥手。

"那就快去快回吧!"

自由自在地散步的感觉真好啊!

路边白色的积雪上留下了我的脚印,我在寒冷的风中继续前行,寒冷使我从自由散步的兴奋中冷静下来。

我决定跟往常一样,先去小白猫家打个招呼。

我进入后院查看室内情况,见白、黑、黑白相间三只小猫正在客厅里玩耍,闹作一团。好久不见,小猫们都长大了,我用尾巴逗它们三个一起玩应该会有些难度,看来我逗它们玩的任务也结束了。

见我进来,小白猫来到院子里,"喵"地叫了一声。

"小黑,你不当旅行家了吗?"

"别提了,旅行家没当成,倒是当了一阵子模特儿!"

"你好厉害!真了不起呀!"

小白猫肯定不明白模特儿是什么东西。不过也好,世间有很多事情还是不知道为好。

"我还要出去巡视,回头见!"

"嗯,回头见!"

在小白猫的注视下,我回到雪花飞舞的街上,继续前行。

我以前住过的小公园也银装素裹，白茫茫一片。

我坐在长椅上等了一会儿，但是那些求姻缘的人一个都没有来。也对，谁会在这种冰天雪地里四处溜达呢？

"你再怎么等也不会有人来的！"

走过来和我说话的是那个俄罗斯蓝猫大姐。

"最近，那些来向你求姻缘的人都去追捧一只能预测未来的文鸟了！"

"能预测未来的文鸟？"

"最近，附近开了个鸟咖啡厅，据说，那里有一只能根据客人抽中的签预测未来的文鸟。看来'爱情猫神'的那股热潮已经过去啦！"

继猫咖啡厅之后，人们又迷上了鸟咖啡厅，人类这种生物似乎什么都能创造出来，玩够了"爱情猫神"的他们，现在又迷上了能预测未来的文鸟，可见人类多么没常性！

大姐眼中寒光一闪，"喵"地叫了一声。

"你要是不甘心被那只文鸟抢了风头，我这就去把那只文鸟偷偷叼走，怎么样？"

"千万不要，谢谢你的好意！"

大姐总是这么关心我，但美中不足的是，她的关心血腥气太重。虽然那只文鸟抢了我的风头，但我不想伤害那只文鸟。

我想到今后自己再也不会被人们当作"爱情猫神"顶礼膜拜

了,心里突然有些失落,但是我转念一想,如果能够就此平静下来,那也是一件好事。事实上,我和冒牌货都被这个"爱情猫神"的名头耍弄了一番,想不到我的生活会因为一个虚名而受到这么大的影响。

"被陌生人追捧又有什么意思?对我来说,被自己珍视的人喜欢就足够了!"

听我说出这番话,大姐看着我,慢慢地眨了一下眼睛,我想她是在对我的话表示赞成。

"以后你还想离家出走的话,就到我这儿来!"

"上一次我也不是离家出走,我只是出门旅行而已!"

"好吧,回头见!"

大姐缓缓地甩动着长尾巴走出了小公园。

雪落在空无一人的小公园里,大姐的脚印很快就消失了。我哈出了一口白色的热气。

天气真冷啊,赶紧回去吧!我这么想着,从长椅上跳了下来。

"小黑,你回来啦?"

跟往常一样,夏目小姐拉开拉门,笑脸相迎。

一见到这张笑脸,我就觉得非常幸福。虽然温暖的房间与可口的饭菜很重要,但是对我来说,夏目小姐的笑脸才是最重要的。

我可以踏踏实实地住在这里，一想到这件事，我就感到无比幸福。

我被幸福感包裹着走进客厅，正要抬起后腿梳理毛发，有什么东西撞上了我的后背。我回身看去，那是一个又圆又扁的奇怪的机器。

这是什么东西？难道是一个危险的家伙？

我全身毛发竖起，"喵呜"地叫了一声，想威吓一下这个圆形的怪物。我悄悄伸出前爪，给了它一组暴风骤雨般的猫拳。尽管如此，这个机器还是向我冲了过来。

我得给它点儿颜色瞧瞧！我高高跃起，打算给它个回旋踢，可我刚跳到它的身上，机器竟调转方向朝对面跑去。

"喂，停下！别乱动！"

这个圆形的怪物遭到我多次攻击竟毫无惧意，看来这家伙相当难对付啊！我跳到那家伙身上，让它带着我移动。

正在准备饭菜的夏目小姐大声喊道：

"真要命！那可是我刚买的扫地机器人，你可不能把它打坏了哦！"

看来我不应该攻击这个名叫"扫地机器人"的家伙。

魔法使者则一直用手机拍摄我坐在扫地机器人上移动的样子。

"猫坐在扫地机器人上，它也能正常清扫啊，有意思！"

怪物当前，魔法使者居然还有心情说笑！

他们竟然容忍这么可疑的东西在屋里跑来跑去，我对他们的举动非常不理解！

我心里不服气，低声叫着，他们还是听不懂我说的话。

我在圆形的怪物上面坐了一会儿，冻透的肉垫被热乎乎的圆形机器焐热了。虽然这个机器运转的声音有些扰民，但它适合取暖，可以代替被炉。那么，我今天对它的攻击就到此为止吧。不过，下次它再朝我冲过来，我可不会轻饶了它！

看来，我无须再锻炼尾巴，而应该加强猫拳的训练，以应对这个圆形怪物的攻击。我的生活仍然很忙碌啊！

夏目小姐笑着说道：

"喂，别玩了，该吃饭啦！"

我从扫地机器人上一跃而下，跑到盛着美味佳肴的盘子旁，外出巡视归来的我饥肠辘辘，我立刻狼吞虎咽地吃起来。

"好吃吗？"

听到夏目小姐问话，我抬起头舔了舔沾在鼻尖上的汤汁。

我"喵"地叫了一声，意思是马马虎虎吧，然后慢慢地眨了一下眼睛。

"是这样啊，太好啦！"

夏目小姐摸摸我的脑袋，开心地笑起来。

跟往常一样，她没能完全理解我的意思，不过这样就挺好，只要能看到夏目小姐的笑容，我就心满意足了。

门铃响了，魔法使者跑向玄关。过了一会儿，返回屋内的魔法使者对我说：

"有客人来找你！"

跟在他身后的是老婆婆和女高中生，她们像是把什么好吃的饭菜和点心交给了夏目小姐。

"请把这些东西给小黑！"

"谢谢啦！"

她们看起来很客气！可我刚刚吃过饭，她们要是来得再早一点儿，我就能吃上她们为我准备的大餐了。

当然，想吃的话，现在我也能吃下，不过我可不敢再暴饮暴食了，我已经吃够了减肥的苦头，还是把这些美食留到下一顿再吃吧！

女高中生从书包里拿出一个信封模样的东西。

"还有这个，按照您的嘱托，我们多洗了一些。"

"哇，谢谢！我可以看看吗？"

"当然！"

夏目小姐取出了信封里的东西，那好像是一沓照片。

"快看，这张照片，它好小呀！"

"是呀！那时候看起来脸皮还没那么厚呢！"

魔法使者和她一起欣赏着照片，他们看起来非常开心。什么照片？你们到底在看什么照片呢？我也非常好奇，你们不能只顾自己开心，也给我看啊！

我正要去看那些照片，女高中生突然把我抱了起来。

"小黑,你好吗?"她挠着我的下巴问。

跟以前不同,她不再笨手笨脚地抱得那么紧了,是因为她长大了吗?她的身上有成年人的味道,她可能喷过香水。

老婆婆站在她的身旁,摸着我的脑袋,上次在公园摔了一跤的她,如今面色红润,走路生风,我想她应该完全康复了。对老人家来说,身体健康比什么都重要。

今天老婆婆的身上有股烤鱼味儿,她刚刚吃过烤秋刀鱼吗?那味道相当好闻!与其花大价钱买香水往身上喷,不如每天沾上点儿烤鱼的香味,身上有美食香味的人,肯定受猫的欢迎。

翻看着照片的夏目小姐突然叫起来。

"咦?这小家伙莫非是小黑的兄弟?"

"是呀!"

女高中生抱着我凑过去,端详着夏目小姐正在看的照片。

怎么?他们看的是我的照片?

照片上有两只黑色的小猫。我确实有三个兄弟,其中有一只黑猫和我长得非常像。

"啊,它们简直是一模一样呢!"

"怎么回事?把它俩的肚子对在一起,白色花纹刚好能对成心形!"

"是呀,真少见啊!这两只黑猫都有'天使印记'呀!难不成……"

夏目小姐和魔法使者同时看向我。

"难道这只黑猫就是小黑的那个朋友?他们果然是失散的兄弟呀!"

"应该是吧!"

什么?他们说的是那个冒牌货吗?那个可怜的家伙不可能是我的兄弟!

不过听他们一说,我想起小时候我确实有一个黑猫兄弟,总跟我争抢妈妈的乳头、没完没了地吵闹。

最瞧不起我的肚子上的白色花纹的也是那小子,它还老是吹嘘自己的花纹有多好看。

原来是它呀!怎么会这样?早知道这样,真应该多打它几猫拳!那小子总是跟我抢奶喝,害得我饿肚子!我得再打它十拳才解气!

魔法使者抬起头问:

"这样看来,咱们还是不知道小黑的生日啊!"

女高中生脸上露出内疚的表情。

"它们本来是流浪猫,猫咖啡厅老板的女儿发现它们的时候,猫妈妈正在生病,身体很虚弱,老板的女儿就把它和它的孩子们一起保护起来了。"

被收留那天的情景,尘封在我记忆的角落里,现在它逐渐清晰起来。

那是个雨天,妈妈突然不能动了,身体越来越凉。

为了寻求帮助,我"喵呜、喵呜"地叫个不停。

当时发现我的少女,也许就是猫咖啡厅老板的女儿。

所以从那天起,一有谁突然不能动了,我就陷入极度不安之中,万一像妈妈那样不能动了该怎么办?这让我担心得不得了。

后来,在猫咖啡厅员工的治疗下,妈妈奇迹般地康复了。又过了一段时间,我被带到一个新家,跟妈妈和兄弟们彻底失散了。

"小黑的妈妈还在那个猫咖啡厅吗?"夏目小姐问。

女高中生连连点头。

"在呀!它都成猫奶奶啦!"

"下一次咱们一起去见见它!"

真没想到,我竟然还能再见到妈妈!奇迹无时无刻不在发生!

夏目小姐摸摸我的脑袋。

"要是查不到小黑的生日是哪一天,那咱们就让它和我家双胞胎在同一天过生日吧!"

"这个主意不错!明年开始,小黑就可以和他们一起过生日啦!生日礼物就来几个高档猫罐头!"

魔法使者的微笑充满了柔情。

生日定在哪天对我来说无所谓,只要能收到美味佳肴当礼物,我就心满意足了。

一天过一次生日也行。

想到这里,我"喵"地叫了一声表示同意,大家都笑了起来。

"小黑也同意啦！"

双胞胎突然大哭起来，破坏了欢乐的气氛，夏目小姐和魔法使者慌忙跑向婴儿床。

"打扰你们太久了，我们回去啦！"

女高中生把我放到沙发上，将手伸向老婆婆，但老婆婆并没去拉她的手，而是一动不动地看着我说：

"小黑，跟我们一起回家吧！"

我当然不可能答应。

对不起，老婆婆，我已经是夏目小姐家的猫了！我跟魔法使者已经做了男人之间的约定，从今往后，再也不做让夏目小姐伤心的事了，所以，请原谅，我不能跟你们回去！

虽然我对老婆婆也依依不舍，但我还是爬上了猫爬架，与她保持着适当的距离。我待在猫爬架上，应该就不会被她突然抱起来带走了。

女高中生将手放到老婆婆的肩膀上说：

"婆婆，这里才是小黑的家呀！咱们以后还可以再来看它。咱们今天先回去吧！"

女高中生拉起老婆婆的手向外走去。

老婆婆看着我，声音沙哑地问：

"你在这里幸福吗？"

"我在这里非常幸福！"我"喵"地叫了一声，表达了这个意思。

"是这样啊！"

老婆婆微笑起来，女高中生也像是受了她的感染，快活了许多，脸上的愁云一扫而光。

"太好啦！婆婆，我们回去吧！"

女高中生和老婆婆向玄关走去。

"打扰啦！小黑，再见！"

一直注视着我们的夏目小姐，一边哄双胞胎一边答道：

"不好意思啊，也没好好招待你们，你们可以随时来看小黑！"

"谢谢啦！下次再见！"

"下次再见！"

夏目小姐和魔法使者跟她们轻轻挥手告别。

我也"喵"地叫了一声，道了个别。

下次再来的时候，请记得带礼物哦！

我的叫声里还包含着叮嘱她们的意思，估计她们没听懂。不过没关系，就算我什么都不说，她们应该也会给我带好吃的东西来。

女高中生和老婆婆离开后，家里只剩下夏目小姐、魔法使者、双胞胎和我，四个人和一只猫。

双胞胎刚才还哭得那么凶，现在却笑开了花。看着他们的笑脸，夏目小姐和魔法使者也笑了。

这是再平常不过的一天，而我的工作，就是守护这样的日子。

我无时无刻不在寻找夏目小姐的笑脸。

我不光想看到她冲着我笑,还希望看到她冲着魔法使者和双胞胎笑,我希望每时每刻都能看到她的笑脸。寻找夏目小姐的笑容,是我小小的爱好。

我希望我心爱的人能够笑口常开,我相信我的愿望一定能实现!